Gift corner

정물 (61×54cm, 캔버스 유화, 유금숙 화가 作)

_____ 님께 드립니다.

皇舟　金仁煥

어머니의 江

김인환 詩集

HAUM
하움출판사

알(Embryo)을 깨고 나오는 아픔으로.......

　내가 어린 시절 꿈꾸던 문학이 어떤 알을 깨고 나올 것인가.
　학창 시절 우리는 문학 서클을 결성하여 토론회도 열고, 유명한 시인들을 초청해서 개인적인 조언도 들을 수 있는 기회가 있었다. 초대 시인 한 분께 나의 습작들을 보여 드렸는데,
　"당신은 세상을 너무 어둡게만 보고 있다. 詩는 아름다움을 표현하는 예술인데 우선 마음을 밝게 가지라."라는 말씀이었다.
　헤르만 헤세는 『데미안』에서,
　"새는 알을 깨고 밖으로 나온다. 알은 세계다. 태어나려는 者는 알을 깨트리지 않고는 결코 세상 밖으로 나올 수 없다."라고 했다.
　나는 점차 성인이 되면서 알을 깨트리고 나와, 하늘을 나는 새가 되고 싶었다.
　내가 인생에서 가장 좋아하는 詩는 박두진 선생의 「갈대」이다. 갈대 속에는 낭만도 있고 사랑, 희망도 보이고, 추억도 쌓인다. 니체가 걱정했듯이 神이 죽은 뒤, 앞으로 수 세기 동안 젊은이들은 마음의 갈 곳이 없어 지독한 니힐리즘에 빠져들 것이고, 그러한 니힐리즘은 자칫 심신(心身)에 손상을 가져온다고 했다. 그렇게 암울한 시대에 갈대는 나에게 한 가닥 빛으로 다가왔다.
　과연 詩란 무엇인가.
　정지용, 김영랑 시인과 함께 『詩文學』을 창간한 박용철 시인은
　"詩는 잉크로 쓰는 것이 아니고, 작가의 피(血)로 쓰는 것이다."라고 할 만큼 시는 많은 번민과 고뇌를 통하여 만들어지는 언어의 예술이다. 하나의 사물 또는 주어진 인식과 사상을 두고, 수많은 생각과 번민이 반복되는 명상을 통해 만들어지는 언어는 영롱한 진주(眞珠)와

도 같은 것이다.

 이처럼 고귀한 진주를 만들기 위해 나타나는 언어들은 절제되고 품격이 있어야 하며 전체적인 맥락이 독자들에게 감동을 줄 수 있는 소재와 나름대로의 분명한 철학적인 요소가 글 속에 내포되어 있어야 한다. 이러한 시가 되기 위해서는

 첫째, 시인의 마음속에 아름다움을 키워야 한다.

 김소월의 「진달래꽃」, 「실버들」, 「개여울」, 박목월의 「구름 나그네」, 서정주의 「국화 옆에서」, 정지용의 「향수」 등은 시가 곧 노래 가사처럼 가슴으로 바로 흘러들어 온다.

 둘째, 후세에 기억될 수 있는 시가 되려면 시대의 흐름과 사상, 철학적 사고의 폭을 넓혀야 한다. 때로는 우주(宇宙)까지 품어야 한다.

 셋째, 저항 의식이 없는 詩는 영혼이 없다.

 별의 시인 윤동주, 이육사 선생의 「광야」, 이상화 시인의 「빼앗긴 들에도 봄은 오는가」, 한용운 시인의 「님의 침묵」을 읽으면 저절로 애국심이 우러난다. 모두가 저항심에서 나오는 것으로, 우리 민족에게 독립의 희망을 안겨 주는 메시아와 같은 것이다. 그 당시 時代상으로 볼 때 그런 저항시를 발표하면 바로 철창행이란 게 공식화되었는데도 우리가 존경하고 사랑하는 윤동주, 이육사, 한용운, 이상화 시인들은 결코 두려워하지 않았다.

 현대 사회에 들어와서도 유신 정권과 부딪히며 저항했던 김지하 시인의 「타는 목마름으로」는 동시대의 아픔을 함께한 젊은이들에게 커다란 희망과 용기를 안겨 주었다.

 넷째, 詩는 변용(變容)이 중요하다.

 박용철 시인은 "詩란 앞뒤가 달라야 한다. 엄청난 반전을 통해서 독자들의 사고(思考)의 폭을 넓혀 가야 한다."라고 주장했다. 그는 일본 동경대에서 독문학을 전공했고, 「비 내리는 밤」, 「떠나가는 배」 등의 작품을 남겼다.

끝으로 시는 작가의 느낌대로 쓰는 것이다.

"하늘이 진종일 서러움에 흐느낀다."라고 했을 때, 논리적인 학문 체계에서는 말도 안 되는 소리라고 한다. 하늘이 울 수가 없는 것이다. 그러나 시인은 하늘도 울리고 대지도 춤추게 한다. 그만큼 광폭적인 표현을 통해 독자들의 감성을 일으킬 수 있으며, 때로는 독자들의 우월적 감성이 글을 쓴 시인보다 훨씬 더 큰 뜻으로 인지(認智)되는 효과도 기대할 수 있다.

그러나 李相의 「오감도」처럼 어렵게만 쓴다고 훌륭한 작품이 될 수는 없다. 본인만 이해할 수 있도록 써서는 독자들의 공감대를 이끌어 낼 수 없다. 정지용 시인의 「향수」처럼 모두 다 공감하고, 그 시를 통하여 마음의 위로를 받고, 옛 추억으로 돌아갈 수 있는 그런 작품이 위대한 詩가 되는 것이다.

언어는 그만큼 위대한 힘이 있는 것이다.

1920년대 세계 경제가 극심한 불황에 빠져 있을 때, 뉴욕의 맨해튼 거리에서 한 시각 장애인이 팻말을 세워 두고 도움을 요청하고 있었다.

"나는 앞을 보지 못합니다. 도와주세요(I am blind, Help me)."

라는 팻말을 꽂아 두고 하루 종일 기다려도, 어려운 경제 탓인지 거리를 오가는 행인들은 가끔 힐긋 쳐다만 보고 지나갔다.

어느 날, 독지가가 팻말을 들고 와서 시각 장애인이 꽂아 둔 팻말과 바꾸어 놓고 갔다.

"봄은 오는데, 나는 봄을 볼 수 없습니다(Spring in coming but I can't see it)."

그러자 놀라운 일이 벌어졌다. 그동안 지나치던 행인들이 관심을 보이고, 적선하는 사람도 부쩍 늘어났다는 것이다.

오늘날 사회가 너무 거칠게 메말라 가고 있다. 인간들의 삶의 터전이라기보다는 형식적이고 딱딱한 환경 속에 갇혀 살고 있다는 생각이 많이 든다. 이렇게 암담한 사회에 살면서도 아름다운 詩 한 구절은 우리 마음을 한층 더 풍요롭고 따스하게 데워 줄 수 있는 청량제가 될 것이다.

  나는 이번 시집을 발간하면서 독특한 구조로 가닥을 잡았다. 詩를 쓰다 보면 그 많은 작품 증에는 특별히 애정이 가는 詩도 있고, 그 시를 쓰고 싶은 동기도 있다. 이번에 나의 시 중에도 꼭 쓰고 싶었던 사연이 있었던 시에 대해서는 좌측 '散策 노트'에 사연도 일부 적어 놓았다. 독자들이 나의 시를 이해하는 데 도움이 되었으면 한다.

  우리 고교 시절 교과서에 김영랑 시인이 쓴 「모란이 피기까지는」이라는 시가 실렸다. 국어 선생님은 학생들에게 "모란이 피기까지는 나는 아직 봄을 기다리고 있을 거예요."는 조국의 해방을 간절히 기다리는 마음에서 썼다고 설명했고 그런 줄만 알고 있었는데, 김영랑 시인의 시집을 읽어 보니 시인은 헤어진 당시 최고의 발레리나 '최승희 선생'을 애타게 사모하는 마음에서 이 시를 지었다고 한다. 이처럼 시인들은 작품에서 구체적인 설명 없이 발표하기에, 독자들은 나름대로 시대상을 감안하여 상상력으로 시를 해석하고 음미를 하는 것이다. 그런 점이 작품의 광폭적(廣幅的)인 사고를 가져다주는 효과도 분명히 있다. 나의 시집은 그런 의미에서 볼 때, 우리나라에서 처음으로 시도되는 시집이 아닌가 하는 자부심도 생긴다.

  이 책이 독자들로부터 많은 사랑을 받기 희망하며, 나는 이 시집(詩集)을 구름처럼 살다가 가신 '學奉 金燦默 선생의 탄생 100주년'을 기념하여 아버님 영전에 바칩니다.

2021년 12월

목차

제4편 **山河는 잊혀지고**

제1편
별빛, 그 찬란한 향연
(饗宴)

혜산 박두진 시인

혜산(兮山) 박두진 시인은 1916년 경기 안성 출신으로 정지용 선생의 추천으로 문단에 등단했다. 선생은 청록파 시인으로 박목월, 조지훈 시인들과 작품 활동을 같이 했다.

그의 대표적인 시집으로는 박목월, 조지훈, 박두진 세 분이 함께 발표한 『청록집』, 『하얀 날개』 등이 있고 「향연」 등을 썼으며 이화여대, 연세대 교수를 역임하면서 지성인으로서 시대의 부정적 가치를 비판하고, 이념적으로 절대적 가치 추구를 멈추지 않았다.

연세대 교수 시절에는 6월 항쟁의 열기가 뜨거워지자 학생들과 함께 거리로 나가 민주화 투쟁을 벌이다 해직되기도 했다. 그는 그만큼 정의로운 삶을 살고자 부단히 노력한 지성파 시인이다. 대표적인 작품으로 김동진 선생이 작곡하고 박두진 시인이 작사한 「6.25의 노래」가 있고, 록 가수 김경호가 대중가요로 불러서 크게 히트한 「해」가 있다.

「갈대」

갈대가 날리는 갈대의 노래다 / 별과 별에 가 닿아라
지혜는 가라앉아 뿌리 밑에 침묵하고
언어는 이슬 방울 / 사랑은 계절풍
믿음은 업고(業苦) / 사랑은 피 흘림
(중략)
바람이 잠자고 / 스스로 침묵하면
갈대는 고독

갈대 바다

호수처럼 잔잔한 바다 위로
한가로이 갈매기가 날고 있다
늪에서 자란 갈대는
바다를 향해 자신이 누군가를 물어본다

먼 회랑(回廊)을 돌고 돌아
어디에서 와서 어디로 가야 하는가

칠흑 같은 어둠 속에서 선 그대여,
파도가 그리 두려운가
홀로 선 고독이 두려운가

파도처럼
영원하지도 않고
영원할 수도 없는 초록 바다, 갈대 바다

고향은 어머니 품처럼 따스하다

　어릴 적에 우리가 뛰어놀던 고향은 어머니의 품처럼 늘 그리운 곳이다. 고향을 노래한 시인 중에는 정지용 시인이 있다. 그는 1902년 충북 옥천에서 태어나 일본 도시샤대학교를 졸업하고, 이화여전에서 문과대 학장을 지냈다. 불행하게도 6.25 전쟁 때 경기도 소요산 근처에서 폭격으로 사망했다고 전해 온다.

　그는 현역 시절 未堂 서정주 선생과도 친분을 가졌고 박두진, 이 상 시인을 문단에 추천하는 등 그를 따르는 문학도가 많았다. 대표작으로는 너무나 유명한 「향수」, 「인동초」, 「유리창」, 「석류」 등이 있다.

「고향」

고향에 고향에 돌아와도 / 그리던 고향은 아니러뇨
(중략)
어린 시절에 불던 풀피리 소리 / 메마른 입술에 쓰디쓰다
고향에 고향에 돌아와도 / 그리던 하늘만이 높푸르구나

　특히 정지용 시인이 지은 시에 김희갑 작곡가가 노랫말을 붙여 만든 「향수」는 박인수 성악가가 불러 크게 히트했다. 이 노래를 듣고 있으면 고향이 상상 속에 그려지고 너무나 정겹다.

「향수」

넓은 벌 동쪽 끝으로 / 옛이야기 지줄대는
실개천이 휘돌아 나가고 / 얼룩백이 황소가 해설피 금빛
게으른 울음 우는 곳 / 그곳이 차마 꿈엔들 잊힐리야
(이하 생략)

고향 길

금성산¹⁾ 허리춤에 걸린
구름 한 점 달 그림자
수정사(水亭寺) 계곡으로 흐르는
고요한 정적(靜寂)
여인의 숨결

새 터에 날은 저물고
기웃거리는 창으로 설움마저 커진다

山河는 잊혀지고
어머니 손길조차 차다
언젠가 다시 느껴야 하는 고향 길 내 마음

---

1) 경북 의성산(일명 오토산)

보석 같은 追憶

그동안 가슴속에 모아 두었던 서정시와 아내가 그린 그림들을 모아 '金仁煥, 兪錦淑의 詩畵展'을 열었다. 현대인들은 책 읽기를 그다지 좋아하지 않기에 지인(知人) 중 부담 없는 분들에게만 시화집을 건네고는 하였다.

내가 시화집을 발간한 지도 3년 정도 흐른 어느 가을날, 골프 모임에 참여했는데, 참석자들은 모두 대구은행 명예지점장을 지내고 건실한 사업체를 운영하고 있는 CEO들이었다. 우리는 반가운 만남이라 서로 술도 권하면서 여흥을 즐겼는데 술이 한 순배 돌아가고 분위기가 달아오르자, 한국수필문학가협회 정회원이면서 철강공단 내 기업체를 운영하고 있는 박 회장께서 일어나시더니

"내가 평소에 좋아하는 詩가 있는데, 詩 낭송을 해도 되겠느냐."라고 운을 떼자, 술자리에서 노래하겠다는 분은 있어도 詩 낭송은 처음이라 모두 박수로 환영했다. 박 회장님은 주머니 속에 지갑을 꺼내어, 꼬깃꼬깃 접어 둔 종이를 펼치더니 詩를 낭송하기 시작했다.

「그리움」

바로 내가 쓴 詩였다. 모두 함성으로 화답하였고, 박 회장님은 글쓴이라며 나를 일으켜 세웠다.

내게는 잊을 수 없는 보석 같은 추억으로 남아 있다.

그리움

삶의 편린(片鱗)들이 하나둘
바람에 흐트러지고
그리움은,
흔들리는 파도가 된다

아침 안개조차
그리움으로 가꾸어질 때
별빛처럼 고요히
나의 가슴을 적셔 오는 눈물

영원을 가지자는 것도
과거를 지워 버리는 것도 아닌

가슴을 딛고 다시 일어서야 하는
수정(水晶) 같은 그리움

마리아 수녀님 1

내가 살아오면서 마리아 수녀님처럼 아름다운 여성을 만난 적이 없다. 초등학교 시절 성탄절을 맞이하여, 모태 신앙을 가진 친구의 손에 이끌려 시골 성당에 갔다. 이제까지 경험해 보지 못했던 신비스러움이 느껴져 그 길로 주일 학교 소년부를 다녔다.

담임은 마리아 수녀님이었는데, 너무나 곱고 다정한 모습으로 우리에게 다가왔으므로 난 하늘에서 내려온 천사일 거라고 믿었다. 수녀님은 배가 고프다면 먹을 것을 챙겨 주셨고, 돌부리에 걸려 넘어지면 그 고운 손으로 약도 발라 주셨다.

초등학교 시절에는 아침잠이 많아 어머니가 깨워도 잠 트집을 하는 나이인데, 신기하게도 나는 매일 새벽이면 깜깜한 시골길을 걸어 새벽 미사를 다녔다. 아침마다 성당 안으로 들어가며 성호를 긋고, 주기도문을 낭송하고 찬송가를 불렀다. 그때마다 마리아 수녀님은 항상 우리 곁에 있었고, 나는 매일 수녀님을 만날 수 있는 행복한 아침이 되었다.

봄기운이 따스한 4월 어느 날, 부활절 아침 미사는 시간이 무척 길었다. 미사를 마치고 서둘러서 학교에 가면서 오늘은 지각이구나 했는데, 신기하게도 그날부터 개교 시간이 30분씩 늦어진 것이다. 어린 마음에

약속의 땅 가나안

약속의 땅 가나안에는
언제쯤 빛이 내릴 것인가
나는 여인의 이마에 입술을 가까이 해 본다

여인은 붉은 포도주를 원했다
입술을 적시고 달빛을 쳐다보며
동방의 현자(賢者)를 만나 보라 한다

한 마리 길 잃은 양은
고난의 땅에서
가나안으로 가는 길을 물었다
신의 은총은 부활의 믿음이 있어야 된다고

아헤는 울음을 그치고 기도를 시작한다

살포시 내려앉은 피수포(被首布)
나란히 두 손을 모아
가나안에 심을
일곱 송이 수선화를 안고서

마리아 수녀님 2

'이런 것도 하나님의 기적(奇蹟)인가?'라는 생각도 들었다.

소년부에 들어간 지 2년 정도 세월이 흘러 수녀님은 세례를 받기를 원하셨고, 나도 열심히 성경 공부를 하여 무난히 시험을 통과했다. 수녀님은 너무 기뻐해 주셨고, 나를 꼭 껴안고 손에 초록 구슬로 된 묵주를 쥐여 주셨다. 난 지금도 자신을 지켜 주는 수호신처럼 소중한 선물로 간직하고 있다.

수녀님은 크리스마스가 되면 신부님으로부터 세례를 받는다고 알려 주셨고, 나도 빨리 세례를 받고 싶었다. 미사 때마다 신부님이 성도들에게 나누어 주는 성체(밀떡)도 받을 수 있고, 성당도 이제 내가 주인이 된다는 신분 상승 그런 느낌도 들었다. 그렇게 기다리던 크리스마스를 앞에 두고는 불행히도 지독한 독감에 걸려 일주일 정도 학교도 가지 못했다. 나는 아파 누워 있으면서도 '마리아 수녀님이 얼마나 걱정하고 계실까? 내가 이렇게 몸져누워 있는데, 수녀님은 세례식에 참석하지 않는 나를 얼마나 원망할까? 하나님은 왜 나에게 이렇게 무거운 시련을 주실까?' 하는 걱정들이 나를 괴롭혔다. 그 후 몸이 회복되어 성당에 나갔더니 그토록 정이 들었던 수녀님은 다른 성당으로 가셨고, 나도 중학교에 가야 해서 더 이상 주일 학교를 나가지 않았다. 오랜 세월이 흘렀지만 마음속으로 늘 죄송했던 마리아 수녀님께 미안한 마음을 전할 수 있어 행복하다.

성회(聖會) 수요일

성전(聖殿)에 등불이 밝혀지고
잠들었던 뮤즈에 음성이 쌓인다
목자(牧者)의 노래와
神과의 약속이 이 땅에서 이루어지니
이젠 더 외로운 사람이 되지 않게 하소서

성회 수요일의 아혜를 안고
서로를 사랑하고
사랑에 이끌리어

축(軸) 없는 바퀴가 돌아가듯
가슴에서 가슴으로 흐르는
그 江을 맨드소서

이해인 수녀님

이해인 수녀는 독실한 가톨릭 집안에서 모태 신앙을 갖고 태어났다. 수
녀님의 세례명은 '클라우디아'고, 언니가 수녀로서 미리 수도자의 길을 걷
고 있었다. 수녀님은 예민한 감수성으로 5백여 편의 아름다운 詩를 발표
하였으며, 종교계에도 그의 영향력을 넓혀 법정 스님, 설민 스님과도 친밀
한 교류가 있었다. 그의 작품으로는 다음과 같은 시가 있다.

「6월의 장미」

하늘은 고요하고 / 땅은 향기롭고 마음은 뜨겁다
6월의 장미가 내게 말을 건네 옵니다
(중략)
사랑하는 이여 / 이 아름다운 장미의 계절에
내가 눈물 속에 피워 낸 기쁨의 한 송이 받으시고
내내 행복하십시오

「따뜻한 말 한마디」

행복하다고 말하는 동안은 / 나는 정말 행복해서
마음에 맑은 샘이 흐르고
(중략)
좋은 말이 나를 키우는 걸 / 나는 말하면서
다시 알지

장미의 꿈

어둠의 올을 짜는
소녀의 꿈처럼
영롱한 빛으로, 찬란한 햇살로

장미의 꿈은
새로이 지켜 가야 할
자존(自尊)의 힘으로
이 날에 두고 가야 할 세속의 안타까움으로

언젠가 돌아오리라는
누이의 언약은
영롱한 이슬이 되어
찬란한 무지개가 되어
영근 메아리로 돌아온다

대한민국의 국운(國運) 1

미국의 재무장관을 가장 많이 배출하여 '재무사관학교'라고 불리고 있는 미국의 최대 금융 컨설턴트 회사인 '골드만 삭스'에서 "앞으로 30년 후인 2050년이 되면 한국은 미국 다음으로 세계 2위의 GDP(국민 총생산) 국가가 된다."라고 발표했다. 이건 단순한 추측이 아니고 산업별로 표준 데이터를 추출하여 Big Data 분석 기법을 통하여 도출된 자료로 상당히 신빙성이 있다. 이렇게 밝은 미래를 두고 우리 청년들은 자신감을 가지고 세계를 상대로 힘차게 내일을 건설해 나가야 한다.

우리 민족의 우수성은 찬란한 오천 년의 문화적 자산을 갖고 있다. 김동길 연세대 명예 교수나 탄허 스님은 이제 국운이 대한민국으로 다가온다고 했다. 세계 문명의 발전사를 살펴보아도 고대 중국의 황하 문명에서 인도의 인더스 문명으로, 중동의 이집트 나일강 문명에서 유럽의 그리스와 로마 문명으로, 드디어 컴퓨터 문명의 꽃을 피운 미국 문명에서 이제 태평양을 건너 동양으로 오고 있다고 한다. 오늘날 그런 현상이 조금씩 나타나고 있다.

첫째, 우리나라 문화의 대중성이 세계를 놀라게 하고 있다. 방탄소년단(BTS)의 눈부신 활약, 봉준호 감독의 「기생충」, 윤여정 배우의 「미나리」, 황동혁 감독의 「오징어 게임」 등은 한국의 문화가 이제 세계인들의 마음을 사로잡고 있다는 증거이다.

둘째, OECD 국가 중 인터넷 보급률 1위, 반도체 산업, 인공 지능(AI), 사물 인터넷(IoT), 메타버스, 연료 전지 분야 등 미래 먹거리 창출을 위해 장기 투자를 준비하고 있다.

안식(安息)

푸른 파도를 앞세우고
외딴섬을 돌아
황색 바람이 거칠게 과거를 몰아가고 있다

지친 파도는 얼마를 더 넘어야
안식을 얻을 수 있으며
조나단 갈매기는
얼마를 더 날아야 바위섬에 쉴 수 있는가

방황하는 나의 영혼은
얼마나 더 많은 세월에 매달려야
그대 곁에 머무를 수 있는가

나의 파도여
나의 사랑이여
나의 조나단 갈매기여

대한민국의 국운(國運) 2

셋째, 지구 온난화로 북극해가 해빙되고 있다. 머지않아 북극 항로가 열리면, 유럽 대륙과의 교역에 있어 그 혜택을 가장 많이 받는 나라가 한국이다. 물류비용과 시간이 엄청나게 단축된다.

끝으로 민족의 주체성이 조금씩 회복되고 있다.

역사적으로 살펴보면, 삼국 시대부터 중국은 우리나라를 지배하고 싶어 대대적인 침공이 있었다. 수양제는 200만 대군을 이끌고 고구려를 침공했다가 을지문덕 장군에게 참패를 당해 결국 나라가 멸망했고, 당 태종도 100만 대군을 끌고 침공했으나 안시성에서 양만춘 장군에게 패하고 철수하였다. 고려 시대는 중국과 대등한 국가로서 외교를 유지했고, 임금도 황제 칭호를 사용했으며, 북쪽 여진족과 거란에 대해서는 아버지 국가로 대우를 받으면서 고려청자, 팔만대장경 등 찬란한 문화의 꽃을 피웠다.

그러나 조선을 건국하는 과정에서 三奉 정도전은 중국의 주자(朱子)가 세운 성리학(性理學)을 국가의 기본 이념으로 설정하면서부터 중국에 예속되기 시작했다. 성리학의 근간이 유학의 중심으로 忠과 孝, 禮와 義를 중요시했기에 조선의 왕은 중국 황제의 승인을 받아야 했으며, 모든 학문과 예법에 있어서도 중국 문화를 최고의 善으로 기준을 설정함으로써 지식인들은 사대주의 사상에 빠지게 된 것이다. 이처럼 문화의 예속은 정말 무서운 것이다.

경제 발전과 더불어 우리 국민의 주체성도 조금씩 회복되고 있고, 국운이 우리에게 좋은 영향을 미칠 때 모두가 한마음으로 조국의 발전에 매진하다 보면 탄허 스님의 예언대로 남북통일도 이루어질 수도 있을 것이다.

프란체스카의 고뇌

대지(大地)의 두리번거림도
태양의 화사한 욕망도
고요히 잠든 지금
삶의 모순과 고뇌 앞에
엄숙히 고개 숙인 한밤의 아우성

밤하늘을 수놓은 수많은 별처럼
숱한 그리움을 간직한 채,
애수(哀愁)의 아픔은

아직도 먼 훗날
아스라이 멀어져 가는
숙명 같은 성당의 종소리

노블레스 오블리주(Noblesse Oblige)

 한국전쟁은 동족상잔의 비극인 동시에 참전한 유엔군들에게 너무나 큰 희생을 가져왔다. 워커 장군이 전사했고, 유엔군 사령관을 지낸 밴 플리트 대장의 아들이 압록강 전투에서 폭격을 하다가 실종되었고, 마지막 사령관인 클라크 대장의 아들도 중부 전선 금화 지구 전투 저격 능선에서 전사하는 등 미군 장성들의 아들 총 142명이 한국 전쟁에 참전했고, 그중 35명이 전사했다고 한다. 이렇게 험난한 전쟁터에 자신의 아들을 직접 보낸 미국의 지도자들에게 우리는 존경과 감사의 마음을 결코 잊어서는 안 된다.

 현재 우리나라 4급 이상 고위 공직자가 2만 5천 명이 있지만, 그중 군 미필자가 2천5백 명으로 약 10%를 차지한다는 것이다. 이는 일반 국민의 군 미필자 비율보다 33배나 높은 수치이다. 이들은 같은 나이 또래 동료들이 국방의 의무를 다하는 동안 자신들은 '아빠 찬스'의 특혜를 받아 공부를 더 하거나 사회 경력을 쌓아 남들보다 빨리 성공하였다. MB 시절 청와대 지하 벙커에서 국가 비상 회의가 열렸는데 참석자 대통령, 국무총리 등 정부 요인 중 군필자는 국방부 장관밖에 없다는 사실에 보는 국민들도 참담한 기분을 느꼈다. 요즈음 그것도 모자라 대를 이어 자기 아들에게까지 부모 찬스를 주려고, 자신의 지위를 이용하고 있다는 현실에 국민 모두가 아연실색하고 있는 것이다.

世上으로 오는 분노

도시의 거리에는
좀비들로 가득 채워진다

누군가
억누를 수 없이 끓어오르는 분노는
모두를 망가뜨리고
참혹한 나락(奈落)으로 몰아간다

왜, 이렇게 분노해야 하는가
왜, 이처럼
에덴의 동산에서 낙원을 꿈꾸는 이 도시를
분노의 불길로 태워 버려야 하는지

가슴을 열고,
또 다른 가슴으로 받아들이고
사랑이 사랑을 키워 가는
그런 세상으로 누군가를 품어야 한다
神이시여, Where is God?

이것, 또한 지나가리라

『미드라쉬(智惠書)』

어느 날, 다윗왕은 반지 하나를 갖고 싶었다. 다윗왕은 세공사를 불러 반지를 만들라고 지시하며

"내가 전쟁에서 승리했을 때도 교만하지 않고, 절망이나 시련에 빠져 있을 때 용기를 줄 수 있는 그런 글을 하나 새겨 넣거라."라고 주문했다. 세공사는 임금의 반지를 만든다는 자부심에 정성을 다해 반지를 만들었지만, 새겨 넣을 문구가 떠오르질 않아 '지혜의 왕 솔로몬' 왕자를 찾아갔다.

왕자는 사연을 듣고서는 며칠 후 세공사를 불러 "이것, 또한 지나가리라."라는 글귀를 적어 주었다.

이 글은 유대인의 『미드라쉬(智惠書)』에 나오는 글로, 유대인들이 수천 년 동안 나라 없이 떠돌며, 온갖 박해와 나치의 학살에도 견디어 낼 수 있었던 숙명처럼 전해 오는 그들만의 비결이다.

지금도 팬데믹으로 전 세계가 고통을 받고 있다. 솔로몬의 지혜를 배워 이 난국을 슬기롭게 헤쳐 나가야 한다.

"이것, 또한 지나가리라(This too shall pass away!!)"

묵상(默想)의 기도

침묵의 관(冠)을 쓰고
당신의 품으로 돌아갑니다

아름다운 눈망울
해맑은 웃음, 고우심도
하늘의 영광으로 되돌리고

세상(世上)
어느 곳도 붙일 정도 남기지 않으시고
여느 누이가 되길 원하셨나요

묵상의 기도로
하늘이 열리고, 각고의 아픔은
새로이 느껴야 하는 고통으로,
당신이 가야 할 고난의 길인가요

샤롯데

신격호 회장

얼마 전 타계한 롯데그룹 신격호 회장은 울산광역시 울주에서 출생하여 일본 와세다대학교를 졸업했다. 그는 1948년 일본에서 (주)롯데를 설립하여 '껌과 과자류'를 생산하여 사업 영역을 넓혀 갔고, 1967년 해외 자본 유치 일환으로 한국에 진출하여 '롯데제과'를 만들어 지금은 글로벌 회사로 크게 성장했다.

신 회장님은 젊은 시절 우유 배달 등 갖은 고생을 다 하면서도 문학도가 되고 싶었다고 한다. 그리하여 회사를 창립할 때, 가장 감명 깊게 읽었던 괴테의 『젊은 베르테르의 슬픔』에 나오는 여자 주인공 '샤롯데'의 이름을 따서 회사 이름을 '롯데'로 지었다고 한다.

오늘날 괴테와 단테, 셰익스피어를 3대 시성(詩聖)이라 부른다. 괴테가 『젊은 베르테르의 슬픔』을 출간하자 세계적인 베스트셀러가 되었으며, 남자 주인공 베르테르가 소설 속에서 즐겨 입었던 '노란색 조끼', '푸른색 연미복'이 크게 유행하기도 했다.

샤롯데에게는 알베르트라는 약혼자가 있었지만 베르테르의 열정과 순수성에 이끌려 깊은 사랑에 빠졌다. 그러나 샤롯데는 사회적 관습을 따라 알베르트와 결혼했고 베르테르는 너무나 슬픈 나머지 자살하고 말았다. 그 후 많은 젊은이가 베르테르처럼 충동적 자살을 선택하는 '자살 신드롬'이 이어졌다고 한다.

설레임

가슴 고이 간직한
설레임을 안고서
새벽녘 여울목에서
명주 살 두 손을 모아 봅니다

해 뜨는 집
숱한 그리움으로 수선화가 피던 날
우린 해맞이 설레임을 알고 있어요

나의 소망은 사랑이 아닙니다
나의 소망은 당신의 손짓입니다

영원한 설레임으로 다가오는
당신의 손짓입니다

나타샤와 흰 당나귀 1

"내가 평생 모은 재산이지만 그깟 돈 1천억 원, 그분(백석 선생)의 詩 한 구절보다 못하다."

백석 시인과 자야(子夜)의 아름답고도 순수한 사랑 이야기는 우리에게 감동으로 다가온다. 백석은 평안도 정주 출신으로 일본 청산학원에서 영문학을 전공했다. 백석은 『조선일보』 기자도 하고, 고향에서 영생여고 교사를 하던 시절 자야를 만났으나 집안의 반대로 결혼에 이르지 못하고, 결국 백석은 사랑하는 이를 두고 만주로 떠났고 해방이 되어 남북이 갈라지면서 둘은 영원히 생이별을 하게 된 것이다.

한편 자야도 젊은 시절 일본 유학 생활을 했고, 뛰어난 미모로 일제 강점기 시절 조선을 대표하는 엽서 모델로도 활동했다. 그러나 서울에 홀로 남게 된 자야는 생계를 위해서 서울 성북동에 '청암정'이라는 한정식집을 운영했고, 이어 '대원각'이라는 요정도 만들었다. 그 시대 요정은 인기 업종이라 자야는 많은 돈을 벌었고, 번 돈으로 대원각 주변 토지를 사들여 천억대의 부자가 된 것이다.

「나와 나타샤와 흰 당나귀」

가난한 내가
아름다운 나타샤를 사랑하여
오늘밤은 뚝뚝 눈이 내린다
(중략)
눈은 뚝뚝 나리고 / 아름다운 나타샤는 나를 사랑하고
어디서 흰 당나귀는 / 오늘밤이 좋아서 응앙응앙 울 것이다.

눈 덮인 길상사

밤새도록 길상사에는
하얀 그리움이 쌓인다

백석이 흰 당나귀를 타고
나타샤를 찾아왔건만, 살포시 미소만 보낸다
고운 빛으로 갈아입은 단풍도
흰 눈으로 가려지고
전설은
고요한 눈(雪)빛으로
기다리던 임에게 두 손을 포갠다

하늘에서는 별빛이
대지에선 속삭임이
흰색 당나귀는 아련히 세속의 아픔을 줍는다

나타샤가 홀로 기다리던
눈에 덮인 길상사는
이제 전설이 되어 우리들 곁으로 다가온다

나타샤와 흰 당나귀 2

백석이 자야를 그리며 쓴 시

자야는 80세가 되도록 독신으로 살다가, 이제 인생을 정리해야 할 때가 되었다며 평소 교류가 있던 법정 스님을 찾아가

"나의 전 재산을 시주할 테니 대원각을 스님의 절로 만들어 달라."라고 부탁했다. 그러나 법정 스님이 '무소유'를 이유로 거절하자,

"그깟 돈 1천억 원, 그분(백석)의 詩 한 구절보다 못하다."라며 몇 번인가 다시 청해 와 대원각을 '길상사(吉祥寺)'라는 절로 만들게 되었다.

절 이름을 길상사로 정하게 된 사연은 법정 스님이 그녀에게 지어 준 법명이 '길상화(吉祥華)'였고, 스님도 전남 해남에서 태어나 전남대학교 재학 시절 송광사에 들어가 출가했는데, 그 당시 절 이름이 길상사였기에 그런 인연으로 '성북동 길상사'가 세워진 것이다.

그녀는 1999년에 생을 마감하면서 유언으로 "내가 죽으면 화장하여 뼛가루를 보관하다가, 이곳 길상사에 첫눈이 내리면 하얀 눈 위에 가루를 뿌려 달라."라고 부탁하고 세상과 이별했다. 길상사는 가을 단풍과 흰 눈이 쌓여 있는 고즈넉한 풍경이 아름다운데, 저승에 가서도 기억 속에 남겨 두고 싶은 그녀의 간절한 소망이었는지도 모른다.

겨울 손

정적(淨寂)
갈라지는 대지
겨울바람 끝 사이로 갈대숲이 살아나고

서러운 나날
살을 에는 추위에
짓무른 상처 위로 새 살이 돋아난다

누이의 터진 손이
밤마다 뒤척이듯
나의 겨울 손에 진물이 흐른다

잎 지는 갈대숲 사이로 스쳐 가는
겨울 손 찬 바람
누이의 고통

백석과 윤동주

　백석(백기행)은 북한 작가로서 그의 책은 한동안 금서(禁書)였지만, 해금이 되고 나서 그의 영원한 연인 子夜(백석이 지어준 아호)는 창작과 비평 출판사에 2억 원을 기부하여 '백석문학상'을 만들기도 했다. 백석은 1934년 『조선일보』 기자 시절 「정주성」을 발표하여 문단에 등단하였고, 그의 대표작 『사슴』을 백 권 한정판으로 발간하였다. 우리에게 너무나 유명한 '별의 詩人' 윤동주는 학창 시절 자신이 그토록 좋아하는 백석 시인의 시집을 구하지 못해 며칠간 도서관에 처박혀 직접 수기(手記)로 적어서 그의 시집을 지니고 다녔다고 한다.

『사슴』에 실린 「절망」

어늬 아츰 계집은
머리에 무거운 동이를 이고
손에 어린것의 손을 끌고
가펴러운 언덕길을
숨이 차서 올라갔다
나는 한종일 서러웠다

파리 콘서트

수많은 군중이
에펠탑 무대 위에서 축제를 펼친다

찬란한 불빛 아래
슈베르트 피아노 협주곡, 아다지오가 울려 퍼지고
흰색과 검은색 건반을 번갈아 두들기며
사라져 가는 영혼을 노래한다

가늘면서 강하게 몰아치는 바이올린 선율은
어느덧 세느강 달빛에 녹아 흐르고
더 이상 잘못은 저지르지 않겠다며
바벨탑의 만용에 용서를 구한다
화려한 조명 아래 세워진 에펠탑에서는
더 이상 히브리 노예들의 합창은 부르지 않으리라

음보다 선율(旋律)이 더 아름다운
하프와 첼로의 반주로
베토벤의 환희의 송가(頌歌)가 울려 퍼지고
나락(奈落)으로 떨어지는 영혼들의 아우성은
다시금 우루과이 앞바다에 불쑥 솟아오른다

프랑스 파리

파리는 세계에서 관광 수입이 가장 많은 도시이다. 이탈리아처럼 유적이 많지는 않지만 교통, 호텔, 유적지 등 관광 인프라를 완벽하게 구축해 놓았기에 많은 관광객이 몰려온다.

우리나라 한강의 반쪽도 안 되는 조그만 세느강 강변에 노트르담 성당, 에펠탑, 루브르 박물관 등 명소를 만들어 친환경적으로 개발했고, 유람선을 타고 강줄기를 따라가면 다리마다 수 세기 동안 역사적 조형물로 장식해 두었기에 단순한 교통수단이 아니라 역사가 살아 숨 쉬는 명소로 만들어 두었다.

파리 관광의 백미는 루브르 박물관에 소장된 「모나리자」이다. 레오나르도 다빈치가 그린 작품으로 그 한 편의 그림을 보기 위해 한 해 수백만 명의 관람객이 몰려온다.

파리는 예술의 도시인 만큼 여성들이 예쁘다. 밤 문화를 체험하기 위해 샹젤리제 거리에 있는 클럽에 줄을 서서 30분 정도 기다렸다. 입장을 기다리는 젊은이들의 행렬을 쳐다보니 모두 자신의 미모를 뽐내려고 정장을 말끔히 차려입은 멋쟁이였다. 그렇게 남여가 화려한 네온사인 아래 어울려 춤을 추는 모습은 마치 영화의 한 장면처럼 황홀했다. 이렇게 만난 선남선녀는 어렵지 않게 동거에 들어가고, 둘이 생활하는 비용도 서로가 반씩 부담하며 자유롭게 사귄다는 것이다. 그만큼 선택도 자유롭고, 새로운 사랑을 찾아가기도 하는 젊은이들의 천국이다.

세느강이 흐르는 파리

가을 하늘은
世上 어느 곳에서나 푸른빛을 비추는가 보다

몽마르트르 언덕에 버려진
가난한 화가의 눈빛에도
세느강이 물결치는 유람선 선상에도
푸르른 이사벨라의 숨결이 느껴진다

마로니에 숲으로 달려오는 말굽 소리 드높고
샹젤리제 거리에 놓인 찻잔에도
푸르름이 찾아든다

빛은 거리에 머물고
추억이 가득 찬
세느강이 흐르는 파리는 아름답다

이승만 대통령

 일제 강점기 시절 선조들은 일본의 압박을 피해 하와이로 망명을 갔다. 그들은 화물선 지하 선실에서 몇 달을 고생하면서 하와이로 건너가서 빅 아일랜드 사탕수수밭에서 일을 했다. 선조들은 주급(週給) 7달러의 박봉에 시달리면서도 그중 1달러를 모아 독립 기금으로 전달했다고 하니, 나라가 얼마나 소중한지 뼈저리게 느낀 것 같다.

 이승만 대통령은 4.19 혁명 이후 하와이로 망명하여 여생을 보냈다.

 이승만 대통령은 젊은 시절 주로 미국에서 독립 활동을 했다. 미국은 일본과 1905년 가쓰라-태프트 협정을 체결하여, 대한민국의 독립에는 관심이 없었다. 이 대통령은 너무나 안타까워 3.1 만세 운동 사진을 여러 장 만들어, 미국 정부 인사들에게 우리 동포 수백만의 군중이 이렇게 조국 독립을 위해 목숨을 걸고 싸우고 있다고 도와줄 것을 호소하고 다녔기에, 윌슨 대통령도 대한 독립의 필요성을 인정하고 국제 사회와 공조하여 8.15 독립을 이루게 된 것이다.

 6.25 전쟁 시도 이 대통령은 미국의 신속한 지원을 요청했고, 맥아더 원수, 트루먼 대통령, 아이젠하워 대통령에게도 우리는 남북통일이 되어야 한다며, 정전(停戰)이 아니라 북으로 진격할 것을 끊임없이 주장하였다고 한다. 그분은 뼛속 깊이 나라를 사랑했던 애국자다.

하와이섬(Big Island)

붉게 불타는 태양 섬
화산으로 얼룩진 용암의 아우성

멀리서도 가까이 느껴지는
신비로운 산허리를 돌아
끝없이 펼쳐진 사탕수수밭
우리 선조가 심어 놓은 주급 7달러의 지폐가
바람에 휘날린다

구름처럼 날아가지 못하고
부글부글 다시 끓어오르는 용암
나의 가슴도 응어리져 하와이 군도를 달궈 낸다

이중섭(李仲燮) 화가

  1990년 5월 삼성그룹이 운영하는 호암갤러리에서는 '이중섭 특별전'이 열렸다. 이중섭 화가의 대표작으로는 여러 종류의 「흰 소」가 있고, 그 밖에 「황소」, 「싸우는 소」, 「투계」, 「해와 아이들」, 「길 떠나는 가족」 등이 전시되었다. 최근 이건희 회장 개인이 소장했던 「흰 소」, 「황소」가 세상 밖으로 나와 큰 화제가 되고 있다.

  이중섭 화가는 1916년에 평양에서 태어나, 김소월이 다녔던 오산고보를 졸업하고 일본으로 건너가서 미술을 전공했다. 일본 유학 시절 야마모토(山本方子) 여사와 결혼하여 두 아들을 두고 있었는데, 고향인 원산으로 돌아와 교사로 있던 중 6.25 전쟁이 발발하자, 남한으로 피난을 와서 부산과 제주 등지에서 혼자서 그림을 그렸다. 피난 시절 화구(畫具)를 살 돈이 없어 주로 백양 담배 은박지에 많은 그림을 그렸는데, 지독한 가난 속에 어찌할 수는 없고 일본에 머물고 있는 가족들을 무척 그리워했다고 한다.

  고향이 같은 원산인 구상 시인이 입원했을 때, 이중섭은 한참 후에 나타나 과일을 살 돈이 없어 복숭아 그림을 그려 왔다고 하여 구상 시인은 그 정성이 고마워 그림을 서재에 걸어 두었다고 한다.

  결국 그는 40세의 젊은 나이에 영양실조로 생을 마감했다.

  전시회를 돌아보는 동안 나는 눈시울이 붉어져 왔다. 뼛속까지 스며드는 가난은 천재를 외면했고, 가족을 그리워하며 그린 작품들이 더 가슴에 와닿았다. 이렇게 가난은 화가의 의지(意志)를 키워 세상과 맞싸우면서 위대한 작품을 남겨 두고 떠나갔다.

이중섭과 아이들

아이들과 바닷게의 만남
저어새와 전깃줄의 곡예
이상과 현실을 넘나드는
천의 얼굴을 가진 소(牛)들의 군상(群像)

고향 땅 원산녘 먹구름이 몰려와
서울 하늘에 짙게 드리운다

바퀴가 두 개 달린 자전거를
이국 멀리 태섭에게 사 주려고
전시장 작품은, 못내 진실을 두려워한다
지루한 전쟁, 뼛속까지 스며드는 굶주림
애타게 기다리는 가족과의 만남은 멀어지고

구상(具常) 시인의 애틋한 보살핌에도
지독한 굶주림에 지친
성난 황소는
광야(廣野)를 향해 질주하고 있다

돋보기로 보는 세상

 가만히 앉아 있어도 땀이 흐르는 무더운 여름날, 대청마루에서는 팔십을 바라보는 노인이 돋보기안경을 쓰고 신문을 보고 있었다.
 마루를 닦던 할멈은 영감님을 힐긋 쳐다보더니
 "영감, 꼬장주 밖으로 나와 있는 거시기나 좀 집어넣구려."
 하고 잔소리를 하자, 영감님은 콧잔등에 걸친 안경 너머로 아래를 쳐다보고는 잠시 고개를 갸우뚱하더니 말했다.
 "할멈, 이것은 내 것이 아니오."
 "내 것은 이렇게 크지 않소."
 "그건 임자도 잘 알지 않소."
 할머니는 "쯧쯧." 혀를 찼다.

---

 2) 이정재, 박해수, 이유미 배우가 출연하는 6부작 드라마다.

 우승자에게는 456억의 상금이 걸려 있는 게임에, 빚에 쪼들린 456명이 출전하여 서로가 1등을 하겠다며 치열한 서바이벌 게임을 벌이는 드라마이다. 「오징어 게임」은 넷플릭스를 서비스하는 국가 83개국 중 인도를 제외한 미국, 영국, 프랑스 등 82개국에서 한국 TV 콘텐츠 1위를 기록하고 있다. 미국의 언론들은 벌써 칭찬 일색이다. 우리나라 봉준호 감독의 「기생충」, 윤여정 배우가 출연한 「미나리」 등과 함께 전 세계인이 부러워할 작품이 될 것 같다.

오징어 게임(Squid Game)²⁾

어릴 적 게임은
달고나와 뽑기에서 시작되었다
세상살이 모두 그런 것도 인생이다
때론 자신의 모든 것을 걸기도 하고, 그냥 즐기기도 한다

세상에서 가장 무서운 게임은 러시안 룰렛이다
확률은 6분의 1, 사느냐 죽느냐 그것이 문제다
암울한 제정 러시아 시대에
장교들과 죄수들이 즐기던 게임이다

오늘날 오징어 게임이 전 세계를 뒤흔들고 있다
팬데믹으로 혼돈에 빠진 인류에게 보내는
마지막 경고로 들린다
인간들은 게임에 빠져들면 쓰레기가 된다
여기엔 인권(人權)도 없고, 페미니즘도 없다
살아남느냐 죽느냐, 오직 생존만이 선(善)이다
오징어 게임은
과연 우리 인류에게 어떤 메시지를 주고 갈 것인가

제2편
어머니의 江

金甲伊 여사 서거 10주기 추도사

엄마!! 사랑하는 우리 엄마!!!

엄마가 세상을 떠나가신 지도 벌써 10년이란 세월이 흘러갔어요.

세월은 이렇게 10년이 흘러갔어도 우린 한순간도 엄마를 잊어 본 적이 없어요. 기쁜 일이 있을 때도 늘 엄마가 곁에 있었고, 슬픔이 다가왔을 때도 우리는 엄마를 기억해 냈습니다. 엄마는 긴 세월 병고로 시달렸지만 딸들의 따스한 보살핌으로 돌아가시는 순간까지 맑은 웃음과 천진한 모습을 했던 것을 지금도 기억하고 있습니다.

어머님이 돌아가셨다는 비보를 듣고, 둘째는 미국 시카고대학교에 교환 교수로 가 있으면서도 그 멀리서 부부가 함께 달려왔고, 장례식을 마치고 대금 정산을 하는데 의성 공생병원 장례식장 대표는 장례식장이 생긴 이래 가장 많은 손님이 다녀갔다며 어떤 집안이냐고 물어 왔습니다. 이는 모두 어머님이 애써 키운 자식들이 성실하게 사회를 살아온 덕분이라는 생각이 들었습니다.

엄마가 돌아가신 후로 우리 집안에는 건우와 타미라는 귀여운 아이들도 태어났고 엄마가 그토록 사랑하던 손자, 손녀 모두 건강하게 잘 자라고 있습니다. 아이들 모두 행복하게 살 수 있도록 끝없이 보살펴 주셔요.

엄마를 떠나보내고 10주기를 맞아 쓴 추모의 詩를 이곳에 올립니다.

「어머니의 江」

2019년 7월에 부모님 묘소에서

어머니의 江

어머니의 깊이 팬 주름은
저희 탓이라고 나무라지는 마세요

당신이 품었던 꿈만큼
이루지 못한 우리를 꾸짖지 마세요
아직도 저희에게 베푼 사랑이
부족하다고는 생각조차 마셔요

뿔난 망아지처럼
힘겨운 저희의 의지를 키우고,
사랑을 키워 온
당신의 아픔을 알고 있습니다

어머님의
청솔처럼 높은 기개(氣凱)
따스한 손길로 오는 은총
그 가장자리에 이젠 우리가 서 있습니다

삶의 무게

그동안 수많은 사람이 인간의 삶을 연구하다가, 드디어 영혼에 대한 연구까지 영역을 넓혀 갔다. 1907년 미국의 맥드건 박사는 '영혼의 무게는 21그램'이라고 발표하여 학계의 주목을 받았다. 임종을 앞둔 여러 환자를 상대로 숨이 끊어지기 전 몸무게와 끊어진 직후의 몸무게를 측정하니 평균값의 차이가 21그램이라는 것이다.

이러한 시도는 서양에서뿐만 아니라 이집트 문명에서도 쉽게 찾아볼 수 있다. 고대 피라미드 유적을 살펴보면 유난히 저울 벽화가 많이 그려져 있다. 때론 두 사람이 지고 가는 저울도 있고, 삼각대 위에 놓은 저울도 있다. 고고학자들은 모두 죽은 자의 '영혼의 무게'를 측정하는 저울이라 했다.

영혼의 무게는 21그램이라지만, 과연 아버지가 지고 가는 삶의 무게는 얼마일까? 천근만근이라 했으니, 적게는 3만 7천 그램, 많게는 37만 그램이 넘는다.

"세상의 아버지는 정말 위대하신 분이다."

아버지의 삶

영혼의 무게가 21그램이라면
나의 몸뚱이는 7만 그램이다

하지만,
아버지의 두 어깨에 걸친
삶의 무게는 37만 그램이나 된다

두 어깨를 짓누르는
삶의 무거운 짐을 지고서도 아버지는,
늘 행복한 표정을 짓는다
당신에게는 의지하는 가족이 있고,
사랑하는 이들이 곁에 있어
느껴 가는 삶이 소중했나 보다

내가 얼마나 더,
위대한 아버지가 되어야 하는지를
아는 당신께서는,
깊은 한숨과 침묵만이 가슴을 타고 흐른다

어머니의 神殿

얼마 전 미국의 유명 갤럽에서 미국인을 상대로 "당신은 세상에서 가장 아름다운 말은 무엇이라고 생각하느냐?"라고 물었더니, 첫째가 Mother 고 다음이 Family, Passion(熱情), Love 順이었는데 Father는 89번째라 충격적이라고 했다.

생텍쥐페리는 『어린 왕자』에서

"아저씨, 아저씨는 밤하늘을 쳐다보며 혼자서 웃을 수 있는 나만의 별을 가져야 한다."라고 했다

어머니의 품은 늘 따스하고, 모든 것을 포용하는 그런 우주와도 같은 존재인 것이다. 나는 별을 헤는 어린 왕자가 되어 어머니가 지어 놓은 신전(神殿)을 지켜 나가야 한다.

그동안 어머니를 사모하며 쓴 글로는 김소월 시인의 「어머니」, 김초혜 시인의 「어머니」, 나훈아 가수의 「홍시」 등 많은 작품이 있다. 또한 아버지를 그리며 쓴 시로는 이시영 시인의 「車部에서」, 가수 인순이가 부른 「아버지」, 특히 어릴 때 아버지 속을 많이 썩였다고 알려진 가수 싸이는 장문(長文)의 가사로 노랫말을 만들어 화제가 되기도 했다. 그 밖에도 가수 양희은, 김태호, 김경호가 아버지와 관련된 노래를 발표했다.

어린 王子

어머니 가슴속에
겨울 무덤을 만들고

밤마다
별을 바라보며 잠드는
외로운 신전(神殿)에서
전설을 꿈꾸는 어린 왕자

여린 듯 병든 가슴 싸안고
멀어져 가는 꿈과
영웅들의 전설을 노래하는
우리의 영웅, 어린 왕자

배고픈 아이들

1990년대 후반에, 신문에 조그만 가십 기사가 실렸다. 어린 네 자매가 배고픔을 견디지 못해 함께 농약을 마시고 세상을 떠났다는 기사였다. 가십 기사였지만 오랜 세월 동안 내 가슴속에 지워지지 않는 상처로 남아 있었다. 이러한 아픈 기억으로 인해 밥투정하는 우리 아이들을 바라보면, 나도 모르게 화가 치밀어 아내에게 밥을 굶기라고 고함을 치기도 했다.

세계 인구 19억 명이 믿는 이슬람교에는 특이한 경제 제도가 있다.

바로 사회 환원이 공식화되어 있다고 한다. 자신이 죽기 전에 남은 재산을 3등분하여 하나는 국가의 세금으로, 또 다른 하나는 사회 공동 기금으로, 나머지는 자녀들에게 각각 3분의 1씩 배정한다. 이렇게 모인 사회 공동 기금은 규모가 커서 마을마다 재단 운영회를 운영하는데, 병들고 배고픈 사람들을 이 기금으로 재단에서 직접 돌본다고 한다. 만약 그 마을에서 외롭게 죽은 사람이 생기면 이슬람 교단에서는 난리가 나기 때문에, 병들고 외로운 사람들은 자신이 아무리 위험한 곤경에 처해도 끝까지 돌보아 주는 든든한 이웃이 있다는 생각에 모두가 행복한 삶을 살고 있다고 한다.

우리나라는 OECD 국가 중 자살률도 높고, 삶의 행복 지수가 낮은 나라다. 모두가 행복해지는 삶이 어느 때보다 필요하다.

어린 네 자매

꽃띠도 안 된 소녀가
약사가 파는 농약병에
가족을 품고, 가난을 넣어 마셨다

돌아오지 못할 江을 건너
한 치도 용서할 수 없는
암흑의 눈으로

우리에게 배고픈 전설은
모두에게 잊혀 가고
밥투정하는 아이를 바라보며
나의 심장을 거꾸로 세운다

우리나라 가곡, 비목(碑木)

　우리나라 가곡 중 세계적인 성악가 조수미를 비롯한 많은 성악가가 부른 비목[3]은 과거 한명희 선생 젊은 시절 6.25 전쟁 중 치열한 전투가 벌어졌고 옛 전흔(戰痕)이 남아 있는 화천 백암산에서 소대장으로 군 복무할 때, 가끔 쓰러져 가는 나무 십자가로 세워진 돌무덤을 보고는 아무도 찾지 않는 무명용사를 추모하는 글을 메모해 두었다고 한다.
　한 선생은 제대 후 TBC에 입사하여 PD 시절, 정일남 작곡가에게 부탁하여 이 가곡을 만들었다. 우리나라를 대표하는 성악가들이 앞다투어 이 노래를 부르는 것도, 그만큼 가사가 애절하고 우리의 심금을 울리는 노래이기 때문이다.

「비목」

초연[4](硝煙)이 쓸고 간 깊은 계곡 / 깊은 계곡 양지 녘에
비바람 긴 세월로 이름 모를 / 이름 모를 비목이여
먼 고향 초동 친구 두고 온 하늘가
그리워 마디마디 이끼 되어 맺혔네

궁노루 산울림 달빛 타고 / 달빛 타고 흐르는 밤
홀로 선 적막감에 울어 지친 / 울어 지친 비목이여
그 옛날 천진스런 추억은 애달퍼
서러움 알알이 돌이 되어 쌓였네

---

3) 나무로 만든 십자가

4) 화약 연기

폭탄골 아이들

어젯밤 죽은 황 영감
강가에 내다 버린 어머니의 팔 하나
억겁(億劫)을 잊고서도
다시금 살아난 억새와 같이 질긴 운명

세월은 그렇게 흘러가지만
철없이 뇌신을 줍는 아이들

아직도 굶주림은 채워지지 않고

바람처럼 지나가는 세월 속에
아이들은,
새하얀 노여움을 줍는다

안중근 義士 어머니

조마리아 女史

안중근 의사가 조국 독립을 위해 자신의 모든 것을 바칠 수 있었던 것도 그를 키운 훌륭한 어머니 조마리아 여사가 있었기 때문이다.

만주 하얼빈에서 이토 히로부미를 저격하고, 31세의 나이로 사형 선고를 받고 중국 뤼순형무소에서 수감 생활을 하고 있는 아들에게 보낸 조마리아 여사의 감동적인 편지를 소개한다.

"아들아, 네가 어미보다 먼저 죽는 것을 불효라 생각하면 이 어미는 남들에게 웃음거리가 될 것이다. 너의 죽음은 한 사람의 것이 아닌 조선인 전체의 공분을 짊어지고 있는 것이다.

네가 항소한다면 그건 일제에 목숨을 구걸하는 것이다.

나라를 위해 딴마음 먹지 말고 죽어라!

아마도 이 편지가 엄마가 쓰는 마지막 편지가 될 것이다.

네 수의(囚衣)를 지어 보내니 이 옷을 입고 가거라

어미는 현세(現世)에서 다시 만나길 기대하지 않으니 다음 세상에서 선량한 천부의 아들이 되어 세상에 나오거라."

세상에서 가장 가슴 아픈 일이 자기가 낳은 아이를 먼저 사지로 보내는 일이거늘, 아직 죽지도 않고 살아 있는 자식에게 "죽어라!"라고 외치는 숭고함의 주인공은 위대한 안 의사를 품고 키운 그의 어머니였다.

기도

어머니의 사랑으로
다시금 태어나야 합니다

살아온 날들만큼 아픈 순결이 있습니다
아우성은 또 하나의
빛으로 다가옵니다

삶과 죽음, 뜨거운 사랑
사랑의 피를 나누어 마시며
어머님의 열정으로 다시금 태어나야 합니다

진리를 구하고, 영원한 생명을 구원하는
찬란한 부활의 희망을
어머니의 사랑으로 채워야 합니다

詩聖 김소월

우리는 김소월 시인을 '시성(詩聖)'이라 부른다. 시인은 비록 33세라는 짧은 인생을 살았지만 주옥같은 명시(名詩)를 많이 남겨 두었기에 우리는 그를 시성(詩聖)이라고 부르고 있다.

그의 시는 너무나 아름다워 우리 생활 속에 그대로 스며들어 있다. 그렇게 아름다운 시를 후대 작곡가들이 노래로 만든 것만 하더라도 「어머니」, 「엄마야 누나야 강변 살자」, 「진달래꽃」, 「못 잊어」, 「실버들」, 「개여울」, 「산유화」 등 수없이 많다.

「어머니」	낙엽이 우수수 떨어질 때 겨울에 기나긴 밤 어머님하고~
「엄마야 누나야 강변 살자」	엄마야 누나야 강변 살자 들에는 빤짝이는 금모래 빛~
「진달래꽃」	나 보기가 역겨워 가실 때에는 말없이 고이 보내 드리오리다~
「못 잊어」	못 잊어 생각이 나겠지요 그런대로 한 세상 지내시구려~
「실버들」	실버들 천만사 늘여 놓고도 가는 봄을 잡지도 못한단 말인가~

하얀 모시옷

시리게도 하얀,
모시옷을 정갈하게 입은 할머니 한 분이,
골목길을 지나간다

누가 저리도 곱게 다듬었을까
어느 효심이 저리도 고울까

지금쯤 나의 어머니는,

가슴 저리는 아픔이 다가와
발길조차 무겁다

나 하나의 사랑
꿈속에도 잊을 수 없는
들꽃 같은 향기로 피어나는
나의 사랑, 우리 어머니

제3편
사랑은 어디서 오는가

아내의 그림

아내는 결혼을 계기로 敎師職을 그만두고 전업주부로 일했다. 사내아이 둘을 키우느라 바쁘게도 살다가, 아이들이 성장해서 고등학교에 다니면서 자신의 시간을 갖게 되었다.

오랫동안 놓고 있었던 붓을 다시 잡기 시작한 아내는 침식을 잊어버릴 정도로 그림에 몰두했다. 마땅한 화실이 없어 우리 집 진산빌딩 지하층을 비우고 그곳에 화실(畫室)을 차려 주었는데, 각고의 노력으로 1999년 11월 '대한민국 미술대전 西洋畫 具象 부문'에 입상하여 화가의 길로 들어섰다.

아내는 틈틈이 단체전이나 소규모 개인전을 가졌는데, 본격적인 활동을 위하여 우리나라 미술의 중심지 인사동에서 전시회를 갖고 싶다고 하여 '인사동 공화랑' 1층 전체를 보름간 임대하는 조건으로 계약을 했다. 그곳은 미술가들이 누구나 전시하고 싶어 하는 공간이기에 전시 일정이 간신히 일 년 후에 잡혔다. 아내는 준비 기간 동안 자신의 모든 것을 보여 주겠다는 야심 찬 의욕으로 공간을 가득 채울 작품을 준비했는데, 중간에 지방으로 전보 발령이 나서 안타깝게도 그 꿈을 접어야 했다.

아내(兪錦淑 畫家)를 향하여

파아란 연지(蓮池) 못엔
항상 물빛이 고여 있듯이
하늘 위엔
또 다른 하늘빛이 모여 있듯이
당신의 가슴속에
내가 머무르길 바랐습니다

해 질 녘
노을빛을 바라보는 보헤미안의 꿈처럼
당신 동공 속으로 빠져드는
물빛 아지랑이와
잔잔한 호수를 박차고 날아가는
오색조 파랑새의 현란한 나래짓

칠흑 같은 어둠 속에서도
자신의 빛을 잃지 않고
스스로를 수채화 향기에 그을린
꿈으로 피어난
그런 당신을 사랑합니다

세종 대왕의 고뇌

　세종 대왕은 임종을 앞두고, 할아버지 이방원의 과격함을 쏙 빼닮은 수양 대군이 걱정되어 은밀히 수양 대군을 불렀다고 한다.

　"둘째야, 막상 세상과 이별하려니 종사(宗嗣)가 걱정되는구나. 너희 형은 정해 둔 세자빈도 없고 병약하여, 임금의 막중한 역할을 제대로 해낼지 걱정이 앞선다. 혹시 네가 임금이 되고 싶으냐?"

　"네가 하고 싶다면 네게 보위를 물려주마."

　라고 제안을 했으나, 수양 대군은 깜짝 놀라며

　"아바마마, 저는 형님이 성군(聖君)이 되도록 저의 모든 것을 바쳐 형님을 도울 것입니다."라고 말씀드리자 세종 대왕도 크게 안도했고 "나도 뜻하지 않게 보위를 물려받아 늘 양녕 형님께 죄송했다."

　라며 수양 대군에게 종사를 당부했다고 한다.

　그 후에 문종은 보위에 오른 지 2년 만에 몸이 병약하여 죽음을 앞두고 있다는 소식이 전해지자, 큰아버지인 양녕 대군과 효령 대군은 "세자가 아직 12살밖에 안 되고 돌보아 줄 왕비조차 없으니, 종사를 위해서는 수양 대군에게 보위를 물려줘야 한다."라며

　문종에게 고명(顧命)을 받고자 접견을 시도하였으나, 김종서는 끝내 무력으로 그들의 접견을 제지하고 단종을 보위에 올렸다. 그런 연유로 종친들과 제상 간에 치열한 권력 다툼으로 계유정난이 일어났고, 수양은 김종서를 제거하고 단종을 밀어낸 뒤 보위에 올랐다.

가을 사랑

가을은,
참 예쁘다

나뭇가지에 걸린 붉은 감도 예쁘고,
석류나무에 걸린 석류도 영근다
바람꽃 코스모스를 따라가는
눈길조차 따스하다

언젠가,
가을에 헤어진 사랑이
유난히 가슴 저려 오는
추억이 살아 있는

그런 사랑이 있어 좋다
그런 가을이 좋다

입춘(立春)

숙종은 카리스마가 넘치는 임금으로 전해 온다. 조선 왕조에서 드물게 적통(嫡統) 장자로 임금이 되어, 45년간 소신껏 자신의 정치를 펼쳐 나갔다. 단종이 죽은 지 220년의 장구한 세월 동안 누구도 엄두를 내지 못했던 노산군을 '단종'으로 왕조(王祖)의 반열에 올리고, 성삼문을 비롯한 사육신도 충신으로 복원했다.

숙종 임금은 따스한 봄날, 신하들과 경연을 하는 자리에서 입춘에 대해 신하들의 소감을 물으니

하목 대감은 '입춘대길(立春大吉)'이라 했고,

송시열 대감은 '건양다경(建陽多慶)'이라 했다.

숙종 임금은 그들의 높은 경륜을 치하했고, 그때부터 가정에서는 입춘이 되면 대문에 '立春大吉'이란 문구를 즐겨 쓰고 있다.

숙종은 인현 왕후가 7년이 되도록 아이가 없자, 후궁 장희빈이 낳은 원자를 세자로 임명하려고 했다. 송시열을 비롯한 신하들은 좀 더 기다려 보자고 반대했지만, 숙종은 반대하는 송시열 대감을 제주도로 귀양을 보내고 장희빈의 아들을 세자로 임명해 버렸다.

그가 바로 제20대 경종이다.

오늘날 사회적으로 큰 이슈가 되고 있는 대장동 개발과 관련하여 '화천대유(化天大有)'와 '천화동인(天火同人)'이란 회사가 등장하는데, 이는 단순한 사자성어가 아니고 주역(周易)에 나오는 고사성어로 "하늘의 축복으로 지상의 복된 기운을 가져다준다."라는 뜻이다.

봄, 봄

산 내음, 강 내음
피어오르는 봄 내음

산모롱이 언덕에 피어나는 아지랑이

새악시 수줍은 볼에
강여울이 너울지고
한 마리 통조(筒鳥)가 샛강에 날아든다

산구화, 산나리
종달새 울음소리
두고 온 내 고향, 스며드는 봄 내음

개천에 龍은 멀어지나

미국의 최대 도시 뉴욕 빈민가에, 부모님의 손을 잡고 푸에르토리코에서 밀입국한 한 소녀가 자라고 있었다. 그 아이는 소아 당뇨를 앓고 있어 매일 인슐린 주사를 맞아야만 목숨을 연명할 수 있었기에 스스로 주사를 놓으며 자랐다.

소녀가 아홉 살이 되었을 때 알코올 중독자였던 아버지마저 세상을 떠났고, 소녀는 '소수계 우대 정책'의 특혜를 받아 대학까지 마쳤다. 그런 불우한 환경에서도 굴하지 않고, 그녀는 공부를 열심히 하여 종신제인 미국 연방 대법원 최초로 히스패닉계 대법관이 되었다. 미국 언론에서는 그녀의 성공을 큰 이슈로 다루었다.

최근 모 갤럽에서 젊은 청년들을 대상으로
"당신이 열심히 일한다면 성공할 수 있다고 보느냐?"라는 물음에
미국 청년들은 72%가 "Yes!"라고 답했고,
한국 청년들은 11.2%가 "그렇게 될 수 있다."라고 답을 했다.
이처럼 한국에서 개천의 용이 되는 일은 점점 멀어져 가는 것인가.

과거 한국에서 개천의 용이 되는 지름길은 대학에 가는 것이었다. 아버지는 농사를 짓는 데 꼭 필요한 소까지 팔아서 아들의 대학 등록금을 보냈기에, 김동길 연세대 명예 교수는 한국의 대학은 상아탑이라기보다 우골탑(牛骨塔)이라 부르는 게 맞다고 했다.

은빛 갈대

당신의 모습은
은빛 갈대입니다

십자성 별빛이
당신의 모습으로 태어나는
거룩한 순간입니다

끓어오르는 분노보다
불붙는 정열로
가까이 들리는 음성보다
먼 빛 환상으로 빚어내는
진주(眞珠)가 됩니다

학교폭력 예방 1

그동안 여자 배구의 아이돌로 큰 사랑을 받던 이재영·이다영 쌍둥이 자매가 학창 시절 휘둘렀던 학교폭력이 불거졌고, 많은 세월이 흐른 사건이지만 학교폭력만은 국민들이 용서하지 않았다. 왜냐하면 자신이 사랑하는 아이들이 학교에서 폭력에 시달리는 그런 아픔은 겪지 않기를 바라기 때문이다. 그런데 두 자매가 터키에 스카우트되어 떠나는 출국장까지 취재진이 따라와 피해자들에게 마지막으로 사과 한마디만 하라고 청을 해도 두 자매는 끝내 싸늘히 돌아섰다. 우리 아이들은 왜 이렇게 끔찍한 범죄를 저지르고 있는가 하는 근본적인 의문이 든다. 가장 큰 원인은 아이들은 아직 미성숙한 상태에서 법질서도 잘 모르고 자신의 폭력에 범죄 의식을 느끼지 못한 채 행동하기 때문일 것이다. 가해자는 가볍게 폭력을 휘두르지만 당하는 아이는 평생 트라우마에서 벗어나지 못하는 무서운 것이 학교폭력이다.

아들은 언론계에 종사하다가 자신의 꿈이 있었던지 직장을 그만두고 벤처기업을 창업했다. 바로 학교폭력 예방 시스템인데, 나름대로 시스템을 개발하여 특허도 받고 사전 준비를 철저히 했다. 이렇게 개발한 시스템을 현장에 적용하기 위하여 희망하는 여러 곳에 시스템을 배포했다. 부산 기장경찰서에서 시범 학교와 연계하여 시스템을 구축해 두었는데 마침 한 학생이 학교폭력을 신고했고, 학생의 신고로 엄청난 사고를 미연에 방지할 수 있었다.

이 사실을 경찰서 측에서 언론에 공개함으로써 엄청난 파장을 몰고 왔다. 『동아일보』, 『중앙일보』, KBS 방송 등 주요 매스컴에 연일 방송이 되었고 언론에는 너무 많이 게재되어 홍보를 하지 않아도 기자들이 직접 찾아다니고 아들은 여러 단체의 인터뷰로 나날이 바쁜 일정을 소화해 내고 있었다.

달맞이꽃

밤이면 달빛에 영그는 꽃
수줍은 새악시 볼에
살포시 홍조를 띠고 누군가를 기다린다

사랑으로 맺어진 꽃봉오리
메아리는 돌고 돌아
따스한 달빛에
꽃잎처럼 녹아든다

달빛은 다시 영글어
그리움이 쌓이는 들판에서
아직도 누군가를 기다리고 있다

학교폭력 예방 2

 그런 와중에 나는 홍보도 중요하지만 기업이 생존하기 위해서는 매출과 연관을 시켜야 한다며 계속 아들을 닦달했다. 아들은 카카오 멤버들은 4년 동안 매출이 없어도 저렇게 크게 첫발을 디뎠는데, 아버지는 너무 근시안에 매달려 닦달한다고, 직접 나에게 대들지는 않았지만 엄마에게 투덜댔다고 아내에게 전해 들었다. 나의 잔소리가 부담스러웠는지 그 이후로 코스닥에 상장한 카카오 팀 관계자들이 면담을 요청해도 만나지 않다가 일단 미팅도 가지는 것 같고, 포스코교육재단에서도 도입을 결정했고, 경상북도 임종식 교육감도 만나 협의를 했는데 "이 시스템은 아이들은 비밀이 보장되어 있어 자유롭게 의사를 표현할 수 있어 선호하지만, 일선 교사들은 자유로운 의사 표현이 자칫 교권을 훼손할 수도 있다고 걱정할 수도 있으니 교사들의 거부감을 없앨 수 있는 방안도 마련되어야 한다."라고 했고, 경찰청과도 시스템 사용에 관한 업무 협정 체결 협의, 전국적으로 시범 적용하려는 학교와의 면담 등이 이루어져 장기적인 매출 확보 기반 구축에 박차를 가하였다.
 그런 가운데 우리 가족 모두 함성을 지른 커다란 사건이 발생했다, 2014년 1월 1일 『동아일보』 신년 특집으로 2면, 3면, 4면 전면 특집 기사에 아들이 개발한 아이템에 대한 기사가 실린 것이다. 역사와 전통을 자랑하는 『동아일보』 신문에, 그것도 새해 첫날을 개벽하는 신년 특집으로 3면에 걸쳐 특집으로 게재되어 정말 자랑스럽고 신나는 쾌거였다. 2014년 1월 1일은 결코 잊을 수 없는 날이 되었다.

저녁노을

구름결이 하나둘,
저녁노을로 물들어
오색 창연한 빛깔로 펼쳐진다

바티칸 제국의 역사처럼
천지 창조의 모습으로
저녁노을을 장식하고 싶었지만

아침 이슬조차
뜨거운 욕망으로 가려지고
어둠은 잠시 나래를 접는다

구름은 어느덧
노을빛으로 변해, 스스로 밀려오고
그리움은 보석처럼 저녁노을을 달군다

두륜산 대흥사

 두륜산은 땅끝 마을 해남에 위치한 700고지의 준산이다. 이곳에는 신라 시대에 창건한 대흥사가 있는데 천년 고찰로서 계곡에 고승들의 사리탑이 즐비하고, 임진왜란 때 서산 대사가 승군(僧軍)의 총본산으로 이곳에 진을 친 것으로도 유명하다.

 이곳 해남에는 효종 임금의 스승 윤선도 선생의 녹우당이 있다.

 인조는 광해를 몰아내고 임금에 올랐지만, 두 번이나 환란을 겪으면서 패전의 대가로 그의 두 아들과 50만 명의 백성이 인질이 되어 후금으로 끌려갔다. 소현 세자는 심양에서 인질로 잡혀 온 조선의 백성들과 농토를 가꾸며 목숨을 연명했고, 후금이 명나라를 무너뜨리고 청나라를 건국하자 청나라 황태자의 초청으로 북경으로 옮겨 가서 서양 문물을 직접 접하면서 견문을 넓혔다고 한다.

 소현 세자가 7년간의 인질 생활을 끝내고 귀국하자, 인조는 세자의 언행을 무척 못마땅하게 여겼다고 한다.

 소현 세자는 "지금 청나라는 서양 문물을 받아들여 크게 발전하고 있으므로 조선도 개혁을 해야 합니다."라고 주장했고, 인조는 소현 세자가 청나라 황태자와 그렇게 가까운 사이라는 것도 괘씸한 생각이 들었는지 못마땅하게 여겼는데 소현 세자는 귀국 후 얼마 되지 않아 갑자기 사망했다. 실록에는 독살설에 무게가 실려 있고, 영남의 선비들이 진상 조사를 요구하기도 했다. 세자가 사망하자 왕손이 있는데도 불구하고 둘째 봉림 대군을 세자로 책봉하였고 후에 효종이 되었다. 효종은 재임 중 아버지를 무릎 꿇린 청나라를 치겠다며 북벌 정책에 심혈을 기울였다.

사리탑 계곡

山寺로 가는 길
상수리나무 우거진
소리 없이 무너져 내린 새벽길

새벽안개가 투영되어
만남마다 그윽한 살아 있는 향기런가

아름다운 산빛은
산 이슬을 머금고
산으로 터진 길목에
수도자의 고행(苦行)을 본다

고요한 정적(靜寂)을 가르는
千의 얼굴
사리탑(舍利塔) 계곡이 깊어선지
사색의 그늘마저 깊다

손흥민 선수

토트넘 구단 소속

드디어 영국 프리미엄 리그(EPL) 2021~2022 시즌이 개막되었다.

손흥민 선수가 소속된 토트넘 구단의 개막전 경기는 전년도 우승 팀인 맨체스터시티 팀과의 경기였는데 손흥민 선수가 결승 골을 넣어 홈 관중을 열광케 했다.

손흥민 선수는 일찍이 독일로 진출하여 분데스리가에서 맹활약을 하였고, 영국으로 옮겨 와서는 세계적인 스타가 되었다.

그의 부친 손웅정 감독도 젊은 시절 프로 축구 선수였고, 축구단 감독 시절에는 호랑이 감독으로 정평이 나 있었다. 그래서 아들에게도 어릴 때부터 혹독한 훈련을 통해 훌륭한 기술을 가르쳤으며, 좋은 품성을 지닌 인재로 키웠다. 몇 해 전 그는 아들에게

"그동안 네가 번 돈 170억 원으로 빌딩을 하나 사 두면 임대료 수입만으로도 우리 가족이 풍족한 삶을 살 수 있겠구나 하는 생각이 들었지만, 나는 우리나라 축구 발전을 위해 뭔가 남겨야 한다는 생각이 든다. 그래서 이 돈으로 자라나는 아이들을 위해 축구 공원을 만들고 싶다."

라고 제안했고 손흥민 선수도 흔쾌히 승낙했다. 그 후 강원도 춘천에 2만여 평 대지를 구입해 축구장 2면에 부대시설을 갖춘 '손흥민 체육공원'을 만들어 2021년에 개장을 앞두고 있다.

그리운 날에

밤안개가 밀어낸 햇살을
스스럼없이 받아들이고
추억으로 남아 있는 공간에
한 가닥 미풍으로 비끄러맨다

바람이런가
영원한 향수의 샘이여

그대 미소 떠올리며
포트립빛 젖가슴에 나의 전신을 새겨 넣었다

하여, 그리운 날에
어느 한 곳도 쉴 곳이 없더니만
그리 슬피 울던 밤, 기억 속에 남겨 둘까

비나리

가수 심수봉

KBS는 2020년 추석 특집으로 나훈아 가수를 무대 위에 올렸다. 그는 거침없는 표현으로 현 시국을 비판하는 「테스형!」을 불러 큰 화제가 되었다. 2021년도에는 심수봉 가수를 주인공으로 선정하여 특집 방송을 하였다. 심수봉은 78년 대학가요제에서 직접 피아노 반주를 하며 부른 「그때 그 사람」으로 대중들에게 신선한 매력으로 다가왔고, 가수의 길로 들어서서 승승장구하던 중 79년 10.26 사태에 현장에 있었던 산증인으로 큰 충격을 받고 가요계를 떠났다.

오랜 세월이 흐른 후 다시 방송에 출연하면서, 동료 가수는 방송국 PD가 당신에게 관심을 갖고 있다며 한번 사귀어 보라고 권유를 했다. 그때까지는 남자에게 관심이 없다가 친구가 자주 권하는 바람에, PD에게 관심을 가져 보니 건실하고 믿음이 가서 그를 생각하며 만든 노래가 「비나리」이다.

어느 날 친구의 주선으로 처음 만난 두 사람은 충격에 빠졌다. PD는 심 가수에게 이성으로는 관심이 없다고 했다. 기막힌 현실이지만 이렇게 만났으니 내가 당신을 연모하며 만든 노래나 들어 보라며 차 안에서 「비나리」를 불렀다고 한다. 노래를 듣고 난 PD는 다시 한번 불러 보라고 청했고 또, 또 10번을 부르고 나니 그제야 마음을 열고 교재를 시작해 백년가약을 맺었다고 한다.

「비나리」

큐피드 화살이 가슴을 열고 사랑이 시작된 날

(중략)

하늘이여 이 사람 다시 또 눈물이면 안 돼요

하늘이여 저 사람 영원히 사랑하게 해 줘요

천년 지조(志操)

겨울 파도가 밀려오는
바람 골 칠포 앞바다

여명(黎明) 속 침묵이 공간을 채우고

별빛처럼 밝은 지혜와
불꽃처럼 타오르는 정열(情熱),
태산처럼 굳은 지조(志操)는
천년 빙하의 계곡에 머무른다

이렇게,
멀리서 바라보는 그대는
영원한 나의 Nostalgia여

저항 시인 김지하

김지하 시인은 서울대학교를 졸업했다. 재학 시절에 그는 암울한 유신 시대의 독재와 맞싸워 처절하게 민주화 저항 운동을 했다. 그렇게 많은 세월이 흐르고 이제 나라도 민주 국가로 정착이 되어서 그런지 가끔 SNS에 올라오는 글들을 보면 이제는 보수로 많이 기운 듯하다. 5.18 김대중 선생 석방운동위원회 공동의장을 지낸 장기표 선생, 민주화 운동을 하다가 사형까지 선고받은 유인태 선생도 상당히 보수 쪽으로 돌아선 듯하다.

시인은 감옥 생활을 하면서 느낀 「육조지」를 창작과비평 월간지에 발표하면서 유명세를 탔다.

「육조지」

검사(檢事)는 불러 조지고
판사(判事)는 미뤄 조지고
도둑놈은 먹어 조지고

김지하 시인은 『토지』 장편 소설로 유명한, 우리나라 최고의 여류 소설가 박경리 선생의 사위라서 더 흥미롭다.

「타는 목마름으로」

신새벽 뒷골목에서 / 네 이름을 쓴다 민주주의여
내 머리는 너를 잊은 지 오래
(중략)
숨죽여 흐느끼며 / 네 이름을 남몰래 쓴다
타는 목마름으로 / 타는 목마름으로

4월의 노래

사월이 오면
나의 속삭임은 너의 음성이 되고
나의 젊음도 너를 위해
가슴을 열어 준다

비 오는 대지 위로
망초 꽃이 살아나고
靑山 같은 그리움은
봄볕에 녹아든다

눈물과 목마름으로
기다려 온 사월이 오면,
젊음을 불태운
잔인한 사월이 오면,
청산같이 그리운 사월이 오면
청피리 불며 놀던 그런 사월이 오면

영원한 꽃 시인 김춘수

김춘수(1922~2004) 시인은 예술의 도시 통영에서 태어났다. 시인은 경기중학교를 나와 일본 니혼대학교 예술학과를 다녔다. 해방 이후 유치환 시인, 윤이상 작곡가 등과 어울려 통영문화협회를 만들어 활동했고 경북대학교, 영남대학교에서 교수를 지냈다.

워낙 꽃에 대한 표현이 아름다워 우리는 그를 '꽃 시인'으로 부른다. 시인의 대표작 「꽃」 시는 너무나 유명하여 젊은 연인들이 구애(求愛)하는 데 가장 많이 쓰는 시로 알려져 있다.

「꽃」

내가 그의 이름을 불러 주기 전에는
그는 다만 / 하나의 몸짓에 지나지 않았다
내가 그의 이름을 불러 주었을 때
그는 나에게로 와서 / 꽃이 되었다.
(중략)
너는 나에게 나는 너에게
잊혀지지 않는 하나의 눈짓이 되고 싶다

얼마 전 장정일 시인은 「꽃」 시를 패러디하여 「사랑도 라디오와 같이 끄고 켤 수 있다면」을 발표했다.

내가 그의 단추를 눌러 주기 전에는
그는 다만 / 하나의 라디오에 지나지 않았다
(이하 생략)

바람꽃

그대여,
나의 음성이 그리움에 목말라
스스로 불사른 것을 기억해 주오

외로움이 찾아오는 뻐꾸기 둥지에서
바람꽃을 기다려 온
지순(至純)의 사랑을 기억해 주오

그대여,
동토(凍土)의 대지 위에 버려진
초라한 나의 모습
바람꽃의 전설을 기억해 주오

대통령의 청탁 1
아이젠하워 대통령

1952년 12월 중부 전선에서는 UN군과 중공군 간에 서로 밀고 밀리는 치열한 전투가 벌어지고 있었다. 한편 미국에서는 제34대 대통령에 당선된 아이젠하워 대통령이 취임 준비로 바쁜 일정에도 불구하고 한국을 방문했다.

아이젠하워 장군은 제2차 세계 대전에 참전하여 맥아더 원수의 부관을 지내면서 전술을 배웠고, 유럽 연합군 최고 사령관 시절에는 그 유명한 노르망디 상륙 작전을 성공시켜 전쟁 영웅으로 추앙받았다. 그리고 퇴임 후에 미국 대통령 선거에 출마하여 당선된 것이다.

한편 미8군 사령부 종합 상황실에서는 밴 플리트 UN군 사령관이 아이젠하워 대통령 당선인에게 전황(戰況)을 Briefing하고 있었다.

아이젠하워 대통령 당선인은 느닷없이

"장군, 내 아들 존 소령은 지금 어디에 있습니까?"라고 물었다. 밴 플리트 장군은 현재 미군 제3사단 정보처에 배속되어 전방 부대에 있다고 보고하자, 아이젠하워 대통령 당선인은

"사령관, 내 아들을 후방으로 배치시켜 주시오."라고 했다. 그 말을 들은 기자들과 배석자들은 밴 플리트 장군을 쳐다보고 있었다. 얼마 전 밴 플리트 장군 아들이 전투 조종사로 압록강 전투에 참전하였다가 전사한 지 얼마 지나지 않았기 때문이었다.

수선화

길섶에 심어 둔
일곱 송이 수선화

함초롬한 눈망울로
그대를 맞이합니다
임이 아닌들 사랑이야 있겠지
임이 아닌들 추억이야 남아 있겠지

사랑이 충만함은
항상 우리의 것

길섶에 심어 둔
비에 젖은 일곱 송이 수선화
함초롬히 그대를 맞이합니다

대통령의 청탁 2

　특히 장군의 아들이 전투기 출격에 앞서 미국에 계신 어머니에게 보낸 편지가 사망 이후에 도착해 언론에 공개되자 미국인들에게 큰 감동을 주고 있었다.

　"사랑하는 어머니, 저를 위해 기도하지는 마십시오. 국가가 위급한 상황에 자유를 수호하기 위해 소집된 이곳 전투기 승무원들을 위해 기도해 주십시오. 그들에겐 살아서 돌아오기만을 간절히 바라는 아내도 있고, 아무것도 모르는 천진한 아이들도 있습니다. 이들은 반드시 살아서 조국의 품으로 돌아가야 할 우리의 영웅입니다."

　이렇게 훌륭한 장군의 아들이 전사한 지 얼마 되지도 않았는데, 당선자는 이곳까지 와서 자기 아들부터 챙기는 게 곱게 보이지는 않았을 것이다. 전쟁 영웅 아이젠하워는 말을 이어 갔다.

　"내 아들 존이 전투 중에 전사한다면 나도 아버지로서 슬프겠지만, 그런 사실을 가문의 명예로 받아들일 것입니다. 그러나 만약에 전방에서 교전하다 적군의 포로로 잡힌다면 적군은 분명히 미국 대통령의 아들을 가지고 흥정하려 들 것입니다. 나는 단연코 그런 흥정에는 응하지 않을 것입니다. 그러나 나를 사랑하는 미국 국민 다수가 대통령의 아들을 구하라고 외칠 것입니다. 그것 때문에 사령관에게 아들을 후방으로 배치해 줄 것을 부탁드리는 것입니다."

　참석자 모두 숙연한 마음으로 고개를 떨구었다.

기다림

내 곁으로 오실 날은 언제인가요
지금은 어드메쯤 오고 있나요
인간으로 오는 흔들림은 언제쯤인가요

더러 아쉬움에,
더러 안타까움에,
더러 젖어 드는 슬픔에,
울부짖는 나의 소리가 들리지 않나요

지척에 놓인
공명(共鳴)의 벽을 허물지 못해
맨날을 외쳐야 하는
그런 슬픔은 아시옵니까

늙지 않는 방법

안병욱 교수

요즘 백 세 노인이 시국 발언을 했다가 혼쭐이 나자, 보수 세력의 반격도 만만치 않다. 그 중심에 있는 연세대 김형석 명예 교수와 숭실대 안병욱 교수는 공통점이 많다. 두 분 다 철학을 전공했고, 나이도 1920년생으로 동갑내기이고, 고향이 같은 이북이어서 친형제 이상으로 서로 의지하며 동시대를 살았다.

현재 백 세 인생을 살고 있는 김형석 박사가 80세가 되었을 때, 대한민국 최고의 석학인 안 교수에게 한번 물어봤다고 한다.

"사람이 어떻게 살아야 늙지 않는 거요?"

라고 물으니 세 가지 비술(祕術)을 말해 주었다고 한다.

"공부하라."

"여행을 즐겨라."

"열심히 연애하라."

그 소리를 듣고 김 교수는 너무나 평범한 소리로 들려

"그런 비법을 알고 있으면서도 뇐은 왜 이렇게 늙었나?"

라고 안 교수에게 농을 건네니

"나는 팔십이 넘었어도 공부나 여행은 열심히 하고 있으나, 이제 연애는 상대가 없어졌다."라고 답해서 함께 웃었다고 한다.

사랑을 얘기하기에는

당신이 떠나간 산하(山河)는
마지막 황제가 떠난 그날처럼
아무런 의미도 없었다,
아무런 기억도 없다

상념(想念)에 사로잡힌
가난한 기억으로
당신이 누린 영원한 자유여
당신이 꿈꾸던 영원한 진리여

술은 빚어야 맛이 난다

찰스 다윈

가을은 사랑의 계절이다.
이별하는 여인들의 말을 들어 보면
'사랑은 변하는 것'이라고 말한다.
그러나 엄밀히 말하자면
사랑이 변한 것이 아니고, 사람이 변한 것이다.

  영국의 위대한 진화론자 찰스 다윈은 인간의 노력으로 이루어지는 것은 세 가지를 들 수 있는데 그것은 술 빚기, 빵 굽기, 글쓰기라고 했다. 그런데 이것 모두 공통된 특징은 '발효와 숙성'이다.
  이와 같이 사람이 익어 가면 사랑도 익어 가는 것이다.
  '잘 빚어진 술, 맛있게 구워진 빵, 원숙한 모습으로 숙성된 사랑'은 인간들에게 큰 기쁨을 안겨 준다.
  오는 가을에는 숙성된 사랑을 꿈꾸어 보셔요.

꽃과 나비(Butterfly)

사랑은 한 마리 나비
꽃잎에 매달려,
사랑을 노래하고
행복을 찾아 날아간다

두고 온 고향길이 그리운 것처럼
추억의 동산에도 가끔 나비가 날아든다

한 손을 내밀어 구애(求愛)를 해야 할지
또 다른 가슴을 보이며 서로를 감싸 안아야 할지
나비처럼 자유로이 날고파
망설임은 늘 고통으로 돌아앉는다

나비야 날아라,
나비야 날아라
사랑 찾아 날아라, 세상 위로 힘껏 날거라

별의 시인 윤동주

　조국 독립을 위해 자신의 모든 것을 바친 위대한 민족시인 윤동주는 중국 길림성에서 태어나 연희전문학교를 졸업하고 일본 도시샤대학교에서 영문학을 전공했다. 시인은 조국 해방을 그리며 쓴 시를 몰래 친구에게 맡겨 두었는데, 해방 후 그의 동생이 주관하여 『하늘과 바람과 별과 시』란 제목으로 처음 발간되었다. 시인은 그토록 기다리던 조국 해방을 보지 못하고, 28세의 나이로 1945년 2월 일본 후쿠오카 형무소에서 순국했다.

　최근 미국 기밀문서 중 기밀이 해제되어 발표된 자료에 의하면, 일본 큐슈대학교 연구소에서 후쿠오카 형무소 죄수들을 상대로 생체 실험을 한 흔적이 있다면서 윤 의사가 살해된 것으로 추정하고 있다.

　윤동주 선생이 쓴 대표적인 시로는 「별 헤는 밤」, 「서시」 등이 있다.

「서시」

죽는 날까지 하늘을 우러러
한 점 부끄럼이 없기를
잎새에 이는 바람에도 괴로워했다
(중략)
오늘 밤에도 별이 바람에 스치운다

별빛 사랑

그대는 어쩌면 내 마음 같으오
겨울바람 스쳐 간 매화나무 끝 가지로
매화꽃을 피우고

그대는 항상 내 마음 같으오
봄바람 실어 목련꽃을 피우는
소녀 같은 수줍음으로

그대는 오늘도 내 마음 같으오
푸른 사랑을 꿈꾸는
자(紫)목련의 향기처럼

가슴 깊이 새겨진 나의 사랑, 별빛 사랑

일주일간의 삶

법정 스님

月요일   달처럼 사세요.
달은 컴컴한 밤을 환하게 비춰 줍니다.

火요일   불을 조심하세요.
수많은 공덕을 쌓았더라도, 마음의 불을 다스리지 못하면
모든 게 사라집니다.

水요일   물처럼 넉넉히 사세요.
물은 항상 높은 곳에서 낮은 곳으로 흐릅니다.
겸손한 마음으로 남을 공경하면서 살아야 합니다.

木요일   나무가 되세요.
나무는 커서 숲을 만들어 그늘을 주고, 기둥으로 쓰이는
만큼 대들보가 되세요.

金요일   말을 금처럼 아껴 써야 합니다.
말이란 남에게 상처도 주고, 위안도 주는 만큼 좋은 말만
쓰세요

土요일   흙과 같은 마음으로 다른 사람을 용서하세요.
흙은 세상의 모든 더러움과 추한 것을 덮습니다.

日요일   태양이 되어 빛과 밝음을 주세요.

장미꽃 전설

아침마다
향기로운 이슬을 먹고 자란
계절의 여왕, 장미꽃의 전설

밤마다
별빛을 받고서도
그리움에 목말라 애태우는
애수(哀愁)의 여왕, 장미꽃의 전설

화려한 빛깔로
불타는 계절을 가꾸어 가는
계절의 여왕, 장미꽃의 전설

그래도, 가끔

법현 스님

 법현 스님은 '저잣거리' 스님으로도 유명하다. 종교는 사람들 마음속으로 찾아가야 한다며 불교 대중화에 힘쓰고 있다.

 "가껏것해서 찾아왔더니 그곳에는 없다. 사람이 바로 그런 존재이다. 육신이 내게 왔다고 함께 있는 것이 아니라, 존재의 가치도 조금씩은 깨달아야 알아지는 것이다."

「당신은 어디에 있나요(You are not here)」

살다 보면 이런저런 일들이 있네
이런 때도 저런 때도
그저 따스하게 해라

추울 때는 따스운 것이 제일이다
찬 바람 맞고 다니다가도
바람벽에 볕 들면 좋지 않더냐

백합꽃 香氣

만물이 소생하는 계절
한차례 꽃무리 향연(饗宴)이 지나가고
꽃의 여왕
백합꽃이 피었다

순결함이 그의 향기요
인생의 최고 가치이다

다비(茶毘) 의식처럼
스스로를 불살라
순정의 결정체를 만들고
순결의 가치를 드높인다

백합에는 참다운 향기가 있다
지상 최고의 가치라 불리는
순결함도 있고,
순결만큼 고귀한 순백의 香氣를 내 품고 있다

젊은 작가 김이나

　김이나 작가는 1979년생으로 젊은 작가이지만, 본인이 작사한 노래 중 최신 히트곡이 3백 곡이나 되어 저작권료 수입 1위에 올라 있다. 그녀는 미국 우드브릿지고등학교를 나왔고 대학에서는 미술사를 전공했으나 김형석 작곡가의 권유로 작사가의 길로 들어섰다.

「겨울 소리」 – 김이나 작사, 박효신 노래

별이 떨어지는 창밖을 보라
잠들지 못한 밤 나를 달래 본다
길었던 가을이 내겐 첫눈 같은 밤
뒤늦은 나만의 겨울이 온 거야

(중략)

다시 태어난 겨울 소리
따라 부르는 깊은 밤 나의 노래가
어디선가 잠든 너를 안아 주길
눈 감으면 나의 품에 네가 있어
Sleep in White

당신이 떠난 자리

그대가 떠난 자리에
어둠이 내립니다

그대가 떠난 자리가
어둠으로 채워져도, 빈자리에는
무엇으로도 채울 수가 없습니다

촛불은 어두워야만 빛이 나지만
그런 빈자리에서 난,
서성이는 나그네가 됩니다
당신이 떠난 자리가
어둠이 되듯이, 死者의 그늘엔
무엇으로도 채우고 싶지 않습니다

타는 목마름으로
채워지지 않는 나의 어둠은
어둠으로만 길게 남아 있습니다

박정희와 박종규 1

박종규 실장은 현직에 있을 때, 대통령의 신임이 워낙 두터워 통치에 누가 되는 행동을 하는 사람이 있으면 누구든 용서하지 않았다고 한다. 당시 김형욱 중앙정보부장이 무소불위의 권력을 휘두르며 다닌다는 정보를 듣고는 김 부장을 찾아가서 뺨을 때리고, 그것도 모자라 권총까지 빼들고 위협했다는 일화도 있다. 그렇게 막강한 중앙정보부장도 박 실장에게는 꼼짝하지 못했다고 하니 그의 불같은 성격을 빗대어 정치권에서는 그를 '피스톨 박'이라고 불렀다.

박 대통령은 가까운 사람에게는 '임자'라는 호칭을 즐겨 썼다. 그러나 박 실장에게는 늘 '종규'라고 불렀다고 한다. 어느 날 퇴근 무렵 박 실장을 불러

"종규야! 오늘 저녁에 같이 막걸리 한잔하자."라며 단골집으로 가서 두 사람은 저녁을 먹고, 곧장 '종로 3가' 사창가 골목으로 들어섰다. 대통령은 모자를 깊이 눌러 쓰고 아가씨를 선택해서 방으로 들어가서 모자를 벗자 아가씨는 소스라치게 놀라며 괴성을 질렀지만, 대통령은 차분히

"어떤 사연이 있었기에 젊은 아가씨가 이곳에 머물 수밖에 없는가?" 물었고, 사연을 다 듣고서는 밖으로 나와 박 실장에게 아가씨를 옥죄고 있는 선수금을 포주에게 돌려주고, 스스로 자립할 수 있도록 뒤를 돌봐 주라고 지시하고 청와대로 돌아왔다. 이튿날 대통령은 참모들을 불러 사창가 아가씨들이 건전한 사회인으로 새 출발을 할 수 있도록 국가 차원의 지원 방안을 마련하라고 지시했다.

10월의 마지막 밤

라이너 마리아 릴케의 가을은 가고
계절의 향기도 끝나 가는
삶의 끝자락을 잡고 있다

파도가 넘실대며
밀려오는 목마른 시월은
사랑이 끝나 가는 가을의 연가(戀歌)

사랑은 어디서 와서,
어디로 가는가
사랑은 그렇게 왔다가,
그렇게 가는가

가을의 끝자락에
담쟁이넝쿨에 매달린
흔들리는 나뭇잎을 바라보며
10월의 마지막 밤을 슬픔으로 채운다

박정희와 박종규 2

주무 장관의 계획은 '이발소 내 여성 면도사'로 종로 3가 여성들에게 3개월 과정의 직업 훈련을 실시해 사회에 진출시키는 것이었다. 세월이 흐르면서 짓궂은 남성들의 유혹과 일부 여성 면도사의 일탈 행위로 아쉽게도 이발소는 퇴폐업소의 온상처럼 낙인이 찍혀 버렸다.

한편 육영수 여사는 평소 남편의 일탈 행위가 모두 박 실장 때문이라고 믿고 있었기에, 몇 번 박 실장을 불러 주의를 줘도 남편의 행동이 달라지지 않자 아예 남편에게 박 실장을 교체하라고 옥죄고 있었는데, 어느 날 부속실의 보고를 받고는 영부인이 불같이 화를 내며 박 실장을 호출한 것이다.

"박 실장! 내가 그렇게까지 경고를 했는데, 이제 각하를 사창가까지 데리고 가나? 이러한 사실이 국민들에게 알려지면 이 망신을 어떻게 할 것인가?"라며 호통을 쳤다고 한다. 박 실장은 본관으로 돌아와 대통령께 그저께 일로 영부인께 혼이 났다고 보고하니, 집사람이 나한테도 자주 하는 잔소리이니 크게 괘념치 말라고 위로했다고 한다.

1974년도 영부인이 세상과 이별한 후, 대통령은 경호실장을 교체하면서 그동안 육 여사의 투정이 마음에 걸렸는지 후임 실장은 술도 먹지 않는 독실한 기독교 신자인 차지철 실장을 선임했다. 그러나 역사적 사실을 살펴보면 10.26 사태는 차지철 경호실장의 독단적인 행동 때문에 일어난 사건이라고도 볼 수 있고, 특히 사건 현장에서 살아남은 여성들의 증언에 의하면 김재규 부장이 권총 실탄이 떨어져 새로 권총을 가지러 간 사이에도, 차 실장은 본인이 살 궁리만 했지 대통령을 구하려는 행동은 결코 보이지 않았다고 한다.

잃어버린 습작(習作)

잃어버린 나의 습작들
기억조차 흐려져
매일 밤 느잡스레 잠을 설친다

처음으로 동침(同寢)했던
여인에 대한 기억도 없다
나의 영혼과 몸뚱아리를 분리해
통곡의 벽을 쌓고 있다

목가적(牧歌的)인 사랑은 아닐진대
나이만큼 벽이 뚜껍다

나의 잃어버린 습작들
내 살점처럼 힘이 든다

산골 집값

시인 이광수

이광수 시인은 중앙대학교를 졸업하고, 포스코, 포항공과대학교, 포스코 교육 재단의 학교 교육 발전에 많은 기여를 했다.

그의 저서로는 『포항공대를 최고의 연구중심대학으로』, 『박태준 미래 전략연구소』, 『제일 시원한 바람』, 『산골 집값』이 있다.

「산골 집값」

누가
산골 집값을 묻는다

값으로 칠 게 아니다 해도
굳이 알고 싶다고 조른다

주변 풍광이 집값의 반(半)
좋은 이웃이 남의 반의반
곳곳에 묻어 있는 손때가
그 나머지라 했다

창가에 흐르는 달빛

불타는 계절이 우리 집,
정원으로 내려왔다
난, 보름달을 창문가에 걸어 놓았다

하늘빛이 아름다운 것은
밤하늘의 별들 때문이고,
밤하늘이 빛나는 것은
푸른 달빛이 비추고 있기 때문이다

보름달이 환하게 비추는 밤,
창가로 찾아 드는 달빛이 정겨워
나는, 침대를 창가로 옮겨 놓았다

찬찬히 흐르는 달빛 사이로
어머니 얼굴도 떠오르고, 누이도 보인다
그리움은 이렇게 달빛과 어우러져
나의 창문을 세차게 두드린다

제4편
山河는 잊혀지고

오대산 월정사

탄허 스님

　오대산 월정사는 신라 선덕 여왕 때, 자장 율사가 중국 오대산으로 가서 문수보살을 만났고, 신라로 돌아와서 문수보살이 가르쳐 준 대로 강원도 오대산에 월정사를 창건하고, 가져온 부처님 진신 사리로 적멸보궁을 조성하여 우리나라에서 유일한 문수 성지를 만들었다.

　그동안 월정사는 보국(保國)의 성지인 동시에 불교 발전의 중심에 서 있었고, 특이하게도 조카 단종을 죽게 한 세조가 업보(業報)인지 유난히 잔병이 많아, 병 치료를 위해 이곳을 여러 번 방문하였는데, 피고름이 묻은 적삼, 문수보살이 등을 밀어 준 이야기, 자객의 습격을 막아 준 고양이像 등 방문 흔적이 여러 곳에 남아 있다.

　최근 불교계의 큰 별로 불리는 탄허 스님은 스물두 살의 나이에 월정사 한암 스님의 문하생으로 들어가 15년간 오대산 방산골에서 수행을 하였고, 그 방대한 화엄경을 한글로 번역하여 우리나라 불교가 대중 속으로 들어가는 데 큰 공을 세웠다. 스님은 주역에도 심취하여 미래를 예언한 것 중

　"우리나라에서 30년 후에는 여성 임금이 나타난다(박근혜 대통령)."

　"지진으로 원자력 발전소가 폭발하여 많은 인명 피해가 발생한다 (2011년 3월, 후쿠시마 원전사고)."

　등이 적중하여 수행이 깊은 스님으로 알려져 있다. 탄허 스님은 1983년 4월에 자신의 고향처럼 사랑하던 월정사에서 입적하였다.

오대산 가을빛

神의 계시(啓示)가 내리고
태양은 엷은 미소로
남은 계절 앞에 불탄다

잎 지는 추녀 끝으로
남사당 놀이패와 어우러져 가는
목마(木馬)의 신바람

그날처럼
가을은 성큼 산사(山寺)로 내려와
풍경(風磬)을 구르며
계곡의 속살로 파고든다

반쪽짜리 삼국 통일

신라 제29대 무열왕은 삼국 통일의 대업을 이루었다. 김춘추는 성골이 아니어서 왕위 계승 서열에 들지 못하고 초창기에는 선덕 여왕의 참모로 국정에 참여했다. 그의 매제(妹弟)가 경상도 거창성을 지키다 백제군에 의해서 가족이 전멸하자, 백제를 침공하기 위하여 고구려를 방문하여 군사 협력을 도모하였으나 오히려 강제 구금이 되자 『별주부전』의 지혜로 도망쳐 나왔다. 그 후 김춘추는 일본도 방문하여 협상하였고, 당나라로 건너가서 당 태종을 만났다. 태종은 자신이 100만 대군을 끌고 고구려를 침공했다가 안시성에서 양만춘 장군에게 패한 전력이 있어 김춘추를 대대적으로 환영했다. 당 태종은 전쟁에서 승리하면 신라는 백제, 고구려는 당나라가 통치하는 안을 제시하였으나, 김춘추는 고구려의 도읍지인 평양 위까지는 신라가 통치하는 것으로 최종 타협하고 '나당 연합군'을 결성하여 삼국 통일의 위업을 달성했다.

그렇게 정해진 국경은 통일 신라, 고려 5백 년 등 천 년 세월 동안 반쪽짜리 한반도 국경이 되었다. 함경도, 요동, 만주 등 드넓은 고구려의 옛 영토는 당나라가 통치하다가 당나라가 멸망 후 고구려 후손들이 발해를 건국하여 한민족 정기를 이어 갔고 지금도 중국의 길림성, 심양, 연길 등에는 우리 민족이 많이 살고 있다.

이렇게 반쪽 한반도가 천 년을 이어 오다가 세종 대왕께서 김종서를 보내 함경도 일대를 차지하고 있던 여진족을 두만강 북쪽으로 몰아내고 오늘날 한반도 영토를 확정한 것이다. 세종 대왕은 한글 창제도 대단하지만 한반도 영토를 확장한 위대한 임금이시다.

불타는 로마

네로 황제가 불태운 로마는
지금도 불타고 있다

바티칸 광장 돌부리에서도
아우구스투스 황제의 숨결이 살아나고
콜로세움 경기장 고함 소리가 파도처럼 밀려온다

인간의 손으로 만들어졌다고는
믿을 수 없는 베드로 성당이 있는 한
우린 언젠가 미켈란젤로를 부활시켜야 한다

영원히 잠들지 않는 로마
트레비 분수에 동전을 던지며
또다시 찾아와야 할 잊을 수 없는 로마

설악산 대청봉

어느 해 가을, 연휴를 맞아 아내와 같이 설악산 야간 등반을 했다. 오색 약수터에서 저녁을 먹고 한 시간 정도 산을 올랐는데, 칠흑 같은 어둠 속에서 왁자지껄하며 술 취한 젊은이들의 목소리가 들려 왔다. 아내가 여자이기에 깜깜한 밤, 산속에서 술 취한 젊은이들을 만나니 덜컥 겁이 났다. 젊은이들이 머뭇거리며 시간을 끌기에 일전을 각오하고, 나는 등산용 칼을 빼 들고 비좁은 산길을 큰맘 먹고 앞질러 갔다. 젊은이들을 스쳐 지나가는 동안 술 냄새가 천지를 진동하여 많이 긴장했지만, 다행히 시비를 걸어 오지는 않았다.

산 중턱에 오르자 내리던 가을비가 점차 싸락눈으로 바뀌고 있었다. 새벽 두 시 가까이 되어 대청봉 정상에 도착했는데, 눈이 내려 침상이 꽉 차버렸다. 우리는 물이 흥건한 복도에 그냥 침낭을 깔고 누웠다. 피로와 안도감이 몰려와 깊은 잠에 빠져들었다.

이튿날 일어나서 보니 대청봉 주변이 모두 흰 눈으로 하얗게 덮여 있었다. 10월 초라 아이젠도 미처 준비하지 못했고, 울산 바위 쪽으로 내려오는 눈길이 살얼음판 같아, 여차하면 천 길 낭떠러지로 떨어질 우려가 있어 8시간 가까이 엉금엉금 기어서 내려왔다. 내려오는 동안 잠시 쉬면서 주변을 쳐다보니, 빨간 예쁜 단풍잎과 단풍나무 가지 위에 걸친 하얀 눈이 서로 어울려, 세상에서 가장 빛나는 '가을 단풍'을 설악산 대청봉에서 만났다.

겨울 소백산

억색(憶塞)이 무너져 내려
만년설을 만들고
삶의 편린(片鱗)들을 모아
바벨탑을 쌓는다

神과 인간의 세계를 넘나들며
커질 대로 커져 버린 상념(想念)

천 년을 기다려도
헛된 꿈인 줄 모를 리 없건만
속절없이 마음만 비껴간다

텅 빈 공간이 흰 눈으로 채워지고
찬 서리 이슬이 머리채를 휘감아도
쓰러질 수 없는 이 절규(絶叫)는
다시금 인간으로 돌아온다

쑥의 효능

구당 김남수 선생

중국 관광을 갔는데, 중국 최고의 의료 기관인 '동인당'이 관광 코스에 들어 있었다. 그곳에서 특이한 분을 만났다. 우리나라 언론에도 자주 오르내리던 구당 김남수 옹이었다. 나는 배드민턴을 하다 발목을 다쳐 후유증이 있다고 하자, 침술 처방과 함께 한국에 가서는 쑥뜸을 하라고 일러 주셨다.

그 후 골프 약속이 있어 골프를 치는데, 왼손 네 번째 손가락 전체에 마비가 오는 것이었다. 골프를 치는 사람들은 알겠지만 골프채를 왼손으로 강하게 잡지 않고는 스윙을 할 수 없어 나는 멤버들에게 양해를 구하고 정형외과를 갔더니 의사 선생님은

"손가락은 마디마디마다 아킬레스건이 있고, 신경 조직이 예민해 종합병원으로 가는 것이 좋겠다."라고 해서 서울대학교병원에서 진료 후 절개 수술을 받았다.

그런데 일 년 후에 반대편 손에 똑같은 증상의 마비가 왔다. 일단 서울대학교병원에 진료 예약을 해 두고, 나는 골프를 치러 가고 싶어 구당 선생의 말씀대로 손바닥 위에 기성품 쑥뜸을 사다 올려놓고 불을 붙이니 따스하게 느낌이 좋았다. 그렇게 반복한 결과 며칠 후 골프도 다녀올 수 있었고, 그 뒤에도 일주일 정도 계속해서 쑥뜸을 했더니 신기하게도 손가락이 완전히 펴졌다. 그런데 2~3년이 지난 뒤 지난번 왼손 수술한 부위의 마비가 재발한 것이다. 나는 경험이 있어 병원에 가지 않고, 쑥뜸을 왼손 손바닥 위에 올렸다. 며칠을 치료한 뒤 기가 막히게 손가락이 다시 펴졌다.

노천 온천

난, 비가 오는 날이면
늘 가까운 온천에 간다
목욕은 육신의 때를 벗겨 내지만
노천은 나의 정신을 일깨운다

특히나, 비가 오는 날이면
하반신은 황토방처럼 달아오르고
얼굴엔 빗방울이 녹아내려
맑은 영감(靈感)이 살아난다
아랫목이 따스해질수록
몸은 점점 인간으로 빗겨 가고
차디찬 빗방울에 녹아내린 이성(理性)은
神의 경지를 넘나든다

끓어오르는 온천이여,
차가운 빗방울이여
차라리, 나의 몸을 불살라라
나는 인간이고 싶다
神의 발톱을 잡고 싶다

화려한 外出

지난 추석 무렵에 동생들이 부부 동반 해외여행을 가자는 제안을 해서 따뜻한 베트남으로 겨울 여행을 떠났다. 겨울이지만 하노이는 가을 날씨처럼 맑고 청명했다. 첫날은 하노이 시내 관광을 하고, 이튿날은 하루 종일 배 위에서 할롱 베이 일대를 관광하는 일정으로 배 안에서 생선회를 시켜 소주잔도 기울이며 관광을 즐겼다.

우리 일행은 총 15명으로 움직였는데, 우리 가족이 8명, 다른 팀 가족이 7명이었다. 다들 소주잔도 돌아가고, 노래방 기기도 배치되어 있어 양가 가족 대항 노래자랑을 하며 즐겁게 놀았다.

여흥이 끝나고 양가 남자들이 서로 소주잔도 오가면서 얘기를 나누다 보니, 상대편은 딸 형제와 사위들이 모여 여행을 왔다고 했다. 맏사위가 "우리 여자 형제들은 얼마 전에도 유럽 여행을 다녀왔고 여러 번 해외여행을 같이 다녀 보았지만, 당신네 가족처럼 남자 형제들이 함께 여행 온 것은 처음 본다."라고 했다.

자신도 이제 살 만큼 돈도 벌었기에 형제간에 여행을 하고 싶어 여러 차례 시도해 보았지만 아직 가 보지 못했다면서,

"이젠 가고 싶어도 세상을 떠난 형제도 있고, 헤어진 가족도 있어 꿈이 되어 버렸다."라며 무척 아쉬움을 토로했다.

나는 가슴이 찡하게 울려 왔다. 이처럼 가족이 소중한데, 성실하게 살아 주는 제수씨들이 너무 고맙고 사랑스럽게 느껴졌다.

할롱 베이 바다

잠자는 호숫가에
수많은 별이 떨어진다

하늘의 그림자도 지워지고
대지의 찬 바람도 품어 안았다

바다가 이렇게 조용할 수 있는가
바다가 바다는 아니다
단지, 바다를 지켜 오는
사자 바위가 전설을 말해 준다

하늘도 품고, 파도도 안아 주며
불어오는 바람까지도 비껴가는
할롱 베이는 바다가 아니다
그저 호숫가에 놓인 거울이다

어진 정희 왕후

정희 왕후는 세종 대왕의 둘째 며느리로 수양 대군에게 시집을 왔다.

세종 대왕은 세자빈으로 맞이했던 첫째 며느리가 하도 말썽을 일으켜 두 번이나 내친 만큼 며느리에 대해서 골치를 앓고 있었는데, 둘째 며느리는 예절이 바르고 집안의 대소사도 모두 자기 일처럼 알아서 챙겨서 윤씨를 그렇게 예뻐했다고 한다.

당시 왕가의 규율이 세자 이외의 다른 왕자들이 결혼을 하면 궁궐 밖으로 나가 사가(私家)에서 생활하게 되어 있는데도, 세종 임금은 둘째 며느리에게는 두 아들(세경 세자, 훗날 예종) 모두 궁궐 안에서 아이를 낳도록 배려했다고 한다. 세월이 흘러 수양 대군이 왕위에 오르자 正熙 왕후가 되었고, 남편 세조가 죽고 아들 예종마저 승하하자 조선 최초로 정희 대비가 수렴청정을 했다.

성품이 어진 정희 왕대비는 자신의 손자 성종을 임금으로 지명한 후, 신하들이 임금의 나이가 어린 만큼 왕대비가 수렴청정을 할 것을 강력히 주청하였지만

"나는 글을 배우지 못했고, 나라의 원로 한확 정승의 따님인 동시에 성종 임금의 친어머니인 인수 대비가 수렴청정을 하는 것이 맞다."라며 극구 사양을 하였으나, 효령 대군을 비롯한 원로 종친들의 권유로 자신이 수렴청정을 하면서 성종 임금이 바르게 자랄 수 있도록 매일 학문적 경연을 실시하였고, 대신들에게도 경연에 참여하도록 하여 성종이 훌륭한 임금으로 성장하도록 기반을 잘 닦았다고 한다.

샛강

철새들은 한가로이
물고기를 찾아 날고
강물은 황금빛으로 출렁인다

밀물처럼 밀려오는
부처님의 미소인가
현실보다 더 가까운
진시황의 고뇌인가

샛강으로 흐르는 강물,
구름 위로 날아가는 무지개
그렇게만 흘러가는 세월인가
또 다른 안타까움으로 흘러 보내야 하는 인생인가

비운(悲運)의 인수 대비

　인수 대비는 한확 정승의 따님으로 수양 대군의 맏아들 의경 세자에게 시집을 왔다. 수양 대군은 명석한 맏며느리를 무척 사랑했다고 한다. 그러나 의경 세자가 스무 살에 요절하자 세자빈은 두 아들을 데리고 궁궐 밖으로 나와 살았다. 세조가 죽고, 예종이 보위에 오른 지 겨우 1년 만에 승하하자, 세조의 부인 정희 왕대비는 당시 세자 제안 대군이 있는데도 인수 대비의 둘째 아들 자산군을 보위에 올렸다.

　그가 바로 성종이다. 성종은 25년간 재위하면서 나라의 기틀을 훌륭히 다졌다. 성종이 승하하자, 신하들은 용상의 자리는 잠시도 비울 수 없다며 인수 대비에게 후계자 선정을 빨리할 것을 독촉했다. 인수 대비는 연산군의 친모 폐비 윤 씨가 마음에 걸린다며, 長考를 거듭한 뒤 승하한 지 5일 만에야 연산군으로 결정했다.

　성종은 숨을 거두기 전 어머니 인수 대비에게

　"어머니, 세자는 어릴 때 어미를 잃고 궁녀들 손에 자랐습니다. 아비로서 너무 큰 죄를 지은 것 같아 보위는 꼭 세자에게 물려주고 싶습니다."
라고 부탁을 했다고 한다.

　인수 대비는 아들 성종이 너무나 효성이 지극해 한 번도 자신의 의지를 거스른 적이 없었기에, 아들의 마지막 소원을 들어주어야겠다며 연산군에게 보위를 물려주었으나 손자는 역사적으로 망나니가 되어 버렸다.

가을 코스모스

소리 없는 아우성
흔들리는 꽃물결

이렇게 가을이 왔구나
청명한 소녀의 마음처럼
가을 뜨락에 피어난
해원(海原)의 꽃, 코스모스

누구도 눈 주워 살핀 적이 없는
버려진 뒤안길로
흔들리는 가을빛, 피어나는 코스모스

현불사 설송 스님

경북 봉화에 있는 현불사 설송 주지 스님과 관련해서 흥미로운 일화가 많다. 설송 스님은 1968년도에 대한불교 불승종을 창시하여 태백산 준령이 머무르는 곳, 봉화에 현불사를 창건하였다.

설송 스님은 현불사를 창건하고 나서 국내 정치인들과 많은 교류를 하였는데, 노태우는 민정당 총재 시절 현불사 계곡에 다리를 놓아 주었고, 기독교 장로인 김영삼을 만나서는 대통령이 되고 싶다면 야당 생활을 청산해야 한다고 조언했는데, 김영삼은 3당 합당이라는 정치적 결단을 내려 대통령에 당선된 후로 두 사람은 남다른 정분을 갖고 있었다고 한다. 김대중은 1992년 대선에 낙선한 후 정계를 은퇴하고 영국으로 도피성 유학을 떠났는데, 참모 중 불교를 믿는 형제 한 분이 현불사를 찾았더니 설송 스님이

"김대중 선생이 곧 나라를 위해 큰일을 해야 할 시대가 왔다."

라고 예언했고, 당장 영국으로 달려가 귀국을 종용했다고 한다. 영국에서 돌아온 김대중도 곧바로 현불사를 찾아가 설송 스님과 대담을 나눴고, 1997년 대통령에 당선된 후에는 후보 시절 현불사를 방문한 것을 기념하여 경내에 방문 기념비도 세웠다.

박근혜 대통령도 후보 시절 현불사 법회에 참석했고, 스님도 이명박과 후보 경선을 치르고 있는 유세장을 찾았기에 측근들이 물어보니

"이제 여성들도 바지를 입는 세상이 왔으니 언젠가는 꼭 대통령이 될 수 있다."라고 답했다고 한다. 2009년 설송 스님은 입적하였으나 아직도 많은 신도가 현불사를 찾고 있다.

갓바위

산정(山頂) 위에 우뚝 선
천년 바위 갓바위

세상살이 하나 둔
못다 이룬 꿈을 꾸는 중생(衆生)들

무릎을 꿇고
가지런히 두 손을 모은다

천년 세월의 미소만으로
열리지 않는
삶의 무게가 무거워
가지런히 두 손을 모아 본다

플라톤의 幸福論

　세계 4대 성인으로 추앙을 받는 소크라테스는 평생 한 권의 책도 집필하지 않고, "너 자신을 알라."라는 명언을 남기고 세상을 떠났다. 그러나 그의 제자 플라톤은 『향연(饗宴)』을 비롯한 인생에 참된 삶이 무엇인가를 설명하기 위해 많은 저서를 남겼다. 그가 남긴 책들은 이천 년의 세월이 흐르는 동안 철학의 근간이 되었으며, 많은 젊은이가 플라톤의 철학을 계승, 발전을 시켜 왔다. 그의 행복론을 들어 보자.

　첫째, 사람이 살아가는 데 먹고, 입고, 자는 것은 중요하지만 조금 부족한 재산(財産)만 있으면 되고

　둘째, 모든 사람이 칭송하기에는 약간 부족한 용모(容貌)

　셋째, 겨루어서는 한 사람에게는 이기고, 두 사람에게는 지는 체력

　넷째, 자신은 자만하는데도, 절반만 알아주는 명예(名譽)

　다섯째, 본인은 열성적으로 연설을 해도 청중의 절반밖에 박수치지 않는 '말솜씨'

　이처럼 조금은 부족한 것이 행복이다. 왜냐하면 인간의 본성은 부족한 것을 채우려는 강한 욕망이 있어, 자신의 부족함을 채우기 위해 끊임없이 노력하는 과정이 더 행복한 인생이기 때문이다.

쌍무지개가 뜨는 하와이

하와이섬에는
늘 아름다운 무지개가 뜬다

흰 구름 사이로 비껴간 와이키키 해변에는
젊음의 향연(饗宴)이 이어지고
하나우마 베이 물고기들은
길을 잃은 지도 오래다

달빛 바다 위로 물기둥을 세우고
머얼리 카누 그림자가 진주만을 삼킨다

하와이에는 하늘이 없다
돌이켜 세워야 할 역사도 없다
흰 구름과 하얗게 밀려오는 파도만이
하와이 섬을 지켜 낸다

지리산 천왕봉

지리산은 태백산맥의 준령으로 남한에서는 한라산에 이어 두 번째로 높은 산(1,915m)이다. 어느 해 2월, 북풍이 몰아치는 겨울에 지리산 등반을 위해 피아골 산장에 도착했다.

우리 일행은 장비를 점검하고, 새벽 5시경에 뱀사골에서 출발했다. 천왕봉으로 가는 길은 눈이 덮인 반야봉(1,732m), 토끼봉(1,534m), 명신봉(1,586m), 연화봉(1,730m), 제석봉(1,808m) 등 1,500고지가 넘는 산이 즐비했다. 이런 산들을 정상까지 올랐다가 계곡으로 내려와서 다시 올라가는 힘든 등반을 여러 차례 반복하니 체력이 완전히 바닥났다.

세석 대피소를 지나 촛대봉(1,708m)에 오르니, 해는 어느덧 뉘엿뉘엿 서산을 향해 넘어가고 있었다. 다행히 오늘 숙박지인 장터목 산장이 보였지만, 나는 기진맥진하여 모든 장비를 동료에게 넘기고 부축을 받으며 숙소에 도착했다. 가이드북을 보니 하루 동안 눈길을 14시간, 44km를 걸은 것이다.

이튿날, 일출을 보기 위해 일찍 출발하여 천왕봉에 올랐으나 눈보라가 몰아쳐서 서둘러 하산했고, 백무동 계곡 쪽으로 내려왔다.

다음날도 22km를 걸었기에 1박 2일 동안 총 66km를 걷고 나서 나는 지리산 쪽으로 소변조차 보지 않는다. 혹시나 지리산 등반을 다시 하고 싶은 유혹이 생길까 봐 두렵기 때문이다.

보경사 향로봉

이렇게 너른 광야(廣野)를 본 적이 없다
끝없는 운무(雲霧)와
빛으로 이어진 산맥

카인의 후예들이
신의 영광을 되돌리고
하늘은 침묵을 지킨다

누군가
광야에서 만난 그를 기억하고
공간으로 내려앉은 그곳에
향로봉, 그 산맥을 잇는다

인구 절벽

  얼마 전 JTB 방송 「차이나는 클라스」에 빅 데이터를 활용하여 우리나라 인구를 예측해 보니, 이미 출산율이 0.92명으로 낮아졌기 때문에 태어나는 아이보다 사망자 수가 더 많아 인구가 점차 줄어든다고 했다.

  당장은 인구가 한 해 1~2만 명 정도 줄어들기 때문에 국민들이 피부로 느끼지 못하지만, 2060년도부터는 한 해에 제주도 인구인 60만 명씩 줄어든다는 것이다. 그리하여 금세기 말인 2100년에는 우리나라 인구가 5000만 명에서 1700만 명으로 줄어드는데 그중 수도권 인구는 1400만 명, 부산을 비롯한 12개 시도 총인구는 300만 명에 불과하다니 결코 과장된 우려가 아닌 것 같다.

  이웃 나라 일본은 우리나라보다 훨씬 오래전부터 장기 불황에 시달리고 있지만 아직 출산율은 1.42명 이하로 내려간 적이 없다. 그런 사실로 미루어 볼 때 우리나라 저출산 현상은 꼭 경제 불황으로 생긴 원인은 아닌 것 같다. 어쩌면 천년 세월의 영화를 누리던 로마 제국이 풍요로운 삶에 도취해 아이를 낳지 않아 결국 저출산으로 멸망했던 것처럼 우리도 그런 전철을 밟지 않도록 국민 모두가 지혜를 모아야 한다.

강화섬

강화섬 그늘이
갈색 바람을 타고
거칠게 바다를 몰아가고 있다

강나루 사공은
한가로이 세월을 어우르고
섬 사이 갈매기는 바다를 맴돈다
돌아가는 회전목마에
영창대군의 울음소리도 울리고
서양 오랑캐들의 대포 소리도 들린다

강화섬은 이렇게도
역사의 상흔(傷痕)을 가득 안고
파도는 조금씩
천년 세월의 아픔을 토해 낸다

보은(報恩)

최근 캐나다 온타리오주 토론토에 있는 현대자동차 판매점에 SUV 차량을 사러 온 사람이 있었다. 중년 노인은 계약을 마치고 나서 조심스럽게 말을 끄집어냈다.

"나의 형이 한국 전쟁에 참전했다가 전사했는데, 혹시 어디에 있는지 소재를 좀 알 수 없습니까?"라고 물어 왔고,

신 지점장은 본국에 연락해서 한번 알아보겠다고 약속했다. 그러자 Roy Donald Eliot 씨는 그동안 집안 사정이 넉넉하지 못해 한국에 가 볼 수도 없었지만 오늘이 어머니 추도일인데, 어머니가 돌아가시기 전에 눈물을 흘리시며 큰아들 Duglas Eliot을 보고 싶다며 애를 태웠다는 것이다.

신 지점장은 한국 보훈처에 안타까운 사연을 얘기했고, 보훈처에서는 Duglas Eliot 상병이 부산 UN기념공원 묘원에 안치되어 있다고 연락을 해 왔다. 신 지점장은 고인의 묘지 사진을 다운을 받아 액자를 만들어 두었다가, 신차를 인도하러 온 Donald Eliot 씨에게 전해 주자 그는 연방 고개를 숙이며 너무나 고마워했다.

그 후 보훈처에서도 Donald Eliot 씨를 한국으로 초청했고 Donald Eliot 씨는 부산 UN기념공원 묘원에 들러 형의 무덤을 찾아 참배하고, 국가적인 차원의 감사를 전했다고 한다. Duglas Eliot 상병은 큰 공을 세운 가평 전투에서 전사했다고 기록이 남아 있다.

黃河에 비친 달

황하를 바라보는
암흑의 눈으로
장미밭을 일구는 부질없는 수줍음으로

곱게만 자라난
어머니 태반보다 더 짙은 어둠 속에서
지켜 온 인고(忍苦)의 세월

초혼(初婚)을 치루고도
자신의 얼굴조차 모르는
원죄의 상흔(傷痕)을 지우지 못해
黃河의 강변에 머리를 풀어 헤친다

詩畫展 開幕宴 1

김인환·유금숙 시화전

　추운 날씨에도 저희 부부를 격려해 주시기 위해 이렇게 참석해 주신 여러분께 진심으로 감사드립니다. 공사다망하신 관계로, 예쁜 사모님이 대신 참석해 주신 국회 이병석 국토건설 분과위원장과 박승호 포항 시장, 바쁜 일정에도 시간을 직접 내 주신 박문하 포항시의회 의장, 최영우 경북상공회의소 회장, 최무도 前 포항상공회의소 회장, 김희성 철강공단 이사장, 이중한 포항검찰청 운영위원장, 이대공 포스코교육재단 이사장, 윤두영 경북도민일보 회장 등 기관 단체장님들과 포스코총우회단체 회원님들에게도 깊은 감사의 말씀을 드립니다.

　올해는 60년 만에 다가오는 흑룡(黑龍)의 해라고 합니다. 龍은 낙타의 얼굴과 독수리의 발톱, 잉어의 비늘 등 아홉 마리의 동물을 합성한 전설적인 동물입니다. 또한 용은 12지 동물 가운데 가장 으뜸가는 동물로서 주로 황금색을 사용하는데, 올해는 임진년(壬辰年)의 任 자와 辰 자가 모두 음향 오행설의 물(水)에 해당하여 검푸른 흑룡의 해가 된 것입니다. 특히 흑룡은 길조(吉兆)라 큰 인물이 난다고 하여 아이를 낳으려고 준비하는 산모도 많이 있습니다. 예로부터 용은 물이 있어야 승천할 수 있으며, 승천하지 못하는 용은 고약한 이무기가 된다는 전설을 갖고 있습니다. 다행히 이곳 포항은 검푸른 동해를 곁에 두고 있어 올해는 용이 승천하는 기운을 맛보게 될 것을 기대하고 있습니다.

서귀포 바닷가

한껏 포말(泡沫)을 뿌리며
밀려오는 파도에 몸을 기대어
아직까지 일지 않는 폭풍우를 기다리는 바다

노여움을 삼킨 채
푸른 맥(脈)이 움트는 고독한 바다를 바라본다
환상의 나래인가
고독한 자의 몸부림인가
은빛 갈매기를 쫓아 하늘로 날아가는 그 빛

머얼리 갯바위 섬 사이로
과거를 몰아가는 세찬 바람과
서귀포로 밀려오는 검푸른 갈대 바다

영원히 잠들지 않는 서귀포의 아우성은
Nostalgia의 향수인가
임을 향하는 그리움인가

詩畫展 開幕宴 2

김인환·유금숙 시화전

 지난 연말에는 박태준 회장님이 별세하셨습니다. 포항으로서는 큰 별을 하나 잃었습니다. 그분은 1950년 소위로 임관하여 포항 전투에 투입되면서 포항과 인연을 맺어, 평생 포항을 사랑한 분이셨습니다. 회장님은 포항제철 설립에서부터 평생을 국가 경제 발전에 기여했지만 다른 재벌 총수와는 달리 사후에 자식들에게 재산 하나 남기지 않으시고, 5.16 혁명 이후 박정희 대통령께 하사받은 '북아현동 집'마저 처분해, 불우한 이웃들에게 써 달라고 '아름다운 재단'에 전액 기부하시고 세상과 작별했습니다.

 요즈음 선거철이어서 대권 후보들이 모두 재벌 개혁을 외치고 있습니다. 여기 오신 사장님들은 적게는 몇십 명씩, 많게는 몇천 명의 식구를 먹여 살리고 있습니다. 이렇게 힘들게 돈을 벌어 종업원들에게 월급을 주고, 세금을 많이 내는 사장님들은 사회가 존경해야 합니다. 정치권은 집안싸움만 하면 되지만, 기업의 CEO는 자신의 모든 것을 걸고 경쟁사와 치열한 생존 경쟁을 벌여야 합니다. 내가 살아 봐도 세상에서 가장 힘든 일이 돈을 버는 일입니다.

 오늘 출판 기념회를 빛내기 위해 색소폰 연주를 직접 해 주신 포항MBC 정기평 사장님, 공무 수행 중이라 오지는 못했지만 축하 전화를 직접 주신 선린대학교 전일평 총장, 포항법원 김태천 지원장, 포항검찰청 김영대 지청장께도 깊은 감사의 말씀을 전합니다. 이렇게 성원해 주신 모든 분께 다시 한번 감사의 말씀을 드립니다.

2012년 2월

까치둥지

당신을 사모한다는 말은
거짓일 수 있지만
당신을 사랑한다는 말은 진실이에요

명주 올로 보드랍게 목마름을 감싸듯
솟아오르는 태양을
가슴으로 싸안듯
커져만 가는 그리움이여

꿈으로 오는 당신은 내겐 늘 허상이었지요
보이지 않는 손으로 당신을 부르고

당신이 내게 오시는 날은
하늘도 구름 내리는 것을 멈추고
깃발을 내리실 거예요

사랑 전도사
도스토옙스키

도스토옙스키는 러시아의 대문호 톨스토이와 함께 러시아 문학의 양대 산맥을 이룬다. 그는 러시아 공화정 시절, 왕정을 부정하는 공산주의 사상에 빠져들어 체포되었고, 정치범 수용소인 시베리아 감옥에서 혹독한 수감 생활을 하던 중 사형 선고가 내려져, 형무소 광장에 세워진 형틀에서 총살형에 처해졌다.

형틀에 매달린 그는 이제 삶이 얼마 남지 않았음을 깨닫고, 간절한 마음으로 기도를 올렸다고 한다.

'내가 만약 여기서 죽지 않고 살아날 수 있다면, 남은 인생은 단 1초도 허비하지 않고 성실히 살아가겠다.'라고 스스로 맹세를 했다. 운명은 그의 편이었다. 니콜라이 1세 황제는 모든 정치범에게 사면령을 내려 칙사가 깃발을 날리며 말을 타고 달려와서 형틀에 매달린 그를 살려 냈다.

그렇게 살아난 도스토옙스키는 『죄와 벌』, 『카라마조프의 형제들』 등 세계인이 사랑하는 불후의 명작을 남겼다.

또한 그는 삶의 여정이 힘들었는지 인생을 살아가는 데 있어

"오직 사랑만이 인간을 인간답게 살 수 있도록 한다."라며 사랑은 '유일한 구원의 손길'이라 했다.

갯벌

바다 위에 드러낸 속살
만상(灣上)의 패류가 살아
갯벌이 거칠게 숨을 쉬고 있다

바다가 멀어질수록
파도의 꿈도 멀어지고
갯벌 위를 날아가는
갈매기도 힘이 든다

인간으로 살아가기에는
깨트려야 할 관습도 많고
파도처럼 살기에는 모자람이 너무 많다

사투리의 묘미

　전라도 사투리 중 가장 매력적인 말은 '거시기'라고 볼 수 있다. 어느 곳에서든 거시기라고 말하면 뜻이 다 통한다. 그만큼 어휘의 폭이 넓은 단어고 누가 써도 정감이 간다.

　그런데 영호남 간에 의미가 전혀 다른 사투리가 있어 나도 깜짝 놀란 적이 있다. 언젠가 순천에 있는 파인힐스 골프장에서 지인들과 함께 라운딩을 하던 중, 주말이라서 다소 홀이 밀려 캐디 아가씨와 농을 건네며 무료함을 달래고 있는데, 캐디 아가씨가

　"나는 여고 시절 공부는 하기 싫고, 빠구리를 많이 해서 선생님께 자주 혼났다."라고 하길래 나는 깜짝 놀라

　"어린 나이에 맞을 짓을 했구먼."이라 했더니

　"난, 공부보다는 친구들과 빠구리하는 것이 훨씬 재미있었어요."라는 아가씨가 너무나 천진스럽고 발랄하여 놀랐지만 어감(語感)의 차이였다. 전라도 지방에서 쓰는 '빠구리'는 경상도에서는 '땡땡이'를 치는 것을 뜻한다는 사실을 알았고, 그날은 젊고 유쾌한 아가씨의 사투리 덕분에 정말 짜릿하고 유쾌한 하루가 되었다.

봄피리

겨우내 잠들었던
외로움을 떨쳐 버리고
한 손에 또 한 손을 포개어
입술을 가까이 해 본다

시리게도 청초한
창포에 멱을 감고
바람 모진 大地 위로
구름처럼 피어올라

목련꽃 그늘 아래 스며드는 봄 향기
꽃송이처럼,
몽글몽글 솟아오르는 봄피리

마왕
슈베르트 작곡가

슈베르트는 모차르트와 베토벤을 무척 존경했다. 그러나 서로 교류가 없다가 베토벤이 죽음에 이르러서야 만남이 이루어졌는데, 두 사람은 너무 늦게 만난 것을 아쉬워하면서도 베토벤은 슈베르트를 '천재'라고 치켜세웠다.

슈베르트는 비록 31세의 짧은 인생을 살다 갔지만, 1,500곡이라는 많은 교향곡을 만들었으며 후세에 '가곡의 왕'이라고 불릴 만큼 유명한 가곡 「아베 마리아」, 「겨울 나그네」 등을 작곡했다.

특이한 것은, 음악가인 슈베르트가 철학자인 괴테를 존경한 나머지 그를 위해 피아노곡 「마왕」을 작곡하여, '존경의 선물'로 보낸 것이 일화로 남아 있다. 후손들은 마왕 곡에 가사를 붙여 세계 곳곳에서 수많은 오페라 공연을 개최하였다.

이렇게 존경과 사랑을 한 몸에 받았던 괴테는 세계 3대 詩聖으로 불리고 있다. 그는 『젊은 베르테르의 슬픔』, 『파우스트』 등 명작을 남겼으며 『파우스트』를 통해

"세상은 온통 혼돈의 Chaos다. 무엇이 거짓이고 무엇이 진실인지 도대체 알 수 없다."

"세상의 모든 이론은 회색이고, 영원한 것은 저 푸른 생명의 나무뿐이다."라고 절망했다.

회색 도시

거리에 흩어진 안개
빛바랜 아침 이슬
인고의 세월을 기다려 온
도시에서 만난 또 다른 하루

사랑하지 못하고,
사랑조차 모르는
화녀(化女)의 분신처럼

가슴을 적셔 내리고
그녀와 나,

도시에서 만난 하루
정녕 만남이 두려운가
그리움을 떨쳐 버리는가

위대한 遺産

일연 스님

우리나라 역사에 일연 스님을 잊어서는 안 된다. 자칫 잃어버릴 뻔했던 고조선의 이천 년 역사를『삼국유사』를 통해 찾아 준 스님이기 때문이다.

현존하는 고대 역사책으로는 김부식이 쓴『삼국사기』와 일연 스님이 쓴『삼국유사』가 있다.『삼국사기』는 고려 인종 때 역사학자들이 모여 신라, 고구려, 백제의 역사를 기록한 정사(正史)이다. 이『삼국사기』에는 단군 신화와 고조선 역사 이천 년에 대한 기록이 없다. 단지 삼국 시대의 역사 기록만 기술되어 있는 것이다. 그러나『삼국유사』는 일연 스님이 구전(口傳)으로 내려오는 야사(野史)를 모아 만든 책으로 세 가지 중요한 의미를 담고 있다.

첫째는 단군 신화와 고조선의 역사를 기록해 두었기에 우리나라는 오천 년의 찬란한 역사를 자랑할 수 있게 된 것이다.

둘째는 경남 김해에 가락국의 유적이 산재해 있는 '가야국'과 경산에 있었던 '압량국'을 역사적으로 인정받게 되었으며

셋째는 처용가, 호동왕자 등 설화로 내려오는 많은 신화와 신라 향가 14편이 수록되어 있는데 당시의 문화와 생활상을 연구하는 데 귀중한 자료가 되고 있다. 오늘날 대한민국이 세계 문화 창달의 중심으로 발돋움할 수 있는 것도 이렇게 훌륭한 문화유산이 있었기 때문에 가능한 일이다.

민들레 嶺土

하얀 민들레의 꽃말은
내 사랑을 모두 그대에게 드려요

행복과 감사를 전해 주는
길가엔 핀 민들레

봄에 대한 그리움만으로
민들레가 피어나리라는 환상은 버리세요
거리의 꽃이라 이름조차 모르는
어리석음 또한 버려야 해요

그냥, 당신의 가슴속에 피어난
아름다운 꽃이라 기억해 주세요

멋쟁이 어머니

메이 머스크

20세기 미국에서 가장 위대한 인물은 마이크로소프트사의 빌 게이츠와 애플사의 스티브 잡스를 들 수 있고, 21세기는 세계 최대의 온라인 쇼핑몰 '아마존'을 창업한 제프 베이조스 회장과 차세대 전기 차를 선도해 나가는 '테슬라'의 일론 머스크 회장을 들 수 있다.

몇 해 전 한국콘텐츠진흥원 주최로 세계 4대 패션의 중심지 중 하나인 미국 뉴욕 맨해튼 거리에서 '컨셉 코리아'라는 타이틀을 걸고 박윤희, 이청정 패션 디자이너의 작품 발표회가 있었다.

국가적 사업으로 추진되는 만큼 미국의 유명 모델들이 등장했는데, 특별한 시니어 모델이 등장해 눈길을 끌었다. 주인공은 다름 아닌 테슬라 일론 머스크 회장의 어머니 '메이 머스크'였다. 그녀는 싱글 맘으로 두 아들을 키웠고, 50년 넘게 현역으로 활동하고 있었다. 억만장자의 아들을 두고도 그녀의 질주는 멈추지 않았다. 발표회를 마치고, 메이 머스크는 우리나라 젊은 디자이너들에게 다가와 어깨를 감싸 안으며

"이렇게 젊고 유능한 디자이너들과 함께할 수 있어서 너무나 즐거웠다." 라며 감사의 말도 아끼지 않았다.

해바라기(Sunflower)

갈라지는 대지 위로
태양은 붉게 타오르고
물결치는 젊음은
밝은 미소로 피어오른다

아직 완성하지 못한 큐틸리티의 환상

몇 날인가

깊은 나락(奈落)으로 빠져드는
체념은 흘려보내고
태양을 향해 고개 숙인
불타는 해바라기, 전설의 큐틸리티에

사랑은 포기할 수 없는 것

W. B. 예이츠

 필립 로스는 『죽어가는 짐승』이란 작품에서
"사랑이란 모든 사람이 원하는 유일한 강박 관념, 그것이다."라고 말했다.
 사람들은 사랑에 빠지면 완전해진다고 생각한다. 영혼의 플라톤적 결합이 사랑의 완성(에로스)이라고 하지만, 사람들은 사랑을 시작하기도 전에 벌써 완전함을 꿈꾼다. 사랑이 깨지는 것은 그만큼 죽음에 이르는 짐승과도 같은 것이다.

「비잔티움으로 가는 배에 올라」

어느 벽에 황금 모자이크 속에 있는 것처럼
육신의 거룩한 불 속에 서 있는 현자(賢者)들이여

소용돌이치듯 맴돌며 거룩한 불에서
나와 내 영혼의 노래 선생이 되어 다오
내 심장을 살려 다오

욕망에 병들고 죽어 가는 짐승에 달라붙어 있어
이 심장은 자기가 무엇인지 모르니
그렇게 나의 영원의 작품 속으로 거두어 다오

나목(裸木)과 겨울

계절의 오만(傲慢)은
화려한 단풍 옷도 스스로 던져 버리고
낙엽 위를 구르는 여인의 숨결
계절은 그렇게 불탄다

이 가을이 가고 나면
버려진 계절은 나목과 겨울이다

겨울은 그렇게 오고,
밤하늘엔 또 다른 별들이 무너진다

나목에 핀 겨울 꽃,
흰 눈이 쌓인 거리
그곳엔 나목과 겨울만이 버려져 있다

청백리의 표상, 황희 정승

　황희 정승은 옛 고려의 선비였으나 절제와 청빈한 삶을 살았기에 청백리의 표상이었다. 세종 임금은 그런 황희 정승을 늘 가까이 두고 국정을 상의했고, 일흔 살이 넘도록 영의정 자리에 두었다.

　그런데 세종실록을 보면 황희 정승은 매관매직을 하여 사익을 챙겼으며, 대사헌 시절에는 황금으로 만든 열쇠를 뇌물로 받고 사건을 무마시킨 일로 '황금 대사헌'이란 별칭이 따라다녔고, 친구인 박포가 죽은 후 그의 아내와 사통했다는 등 청백리로서는 흠집이 될 만한 기록들이 남아 있다. 세종 임금이 돌아가시고 실록편찬위가 구성되었는데 실무를 담당하던 성삼문은 이호문 사관이 쓴 사초(史初)를 읽고 깜짝 놀랐다. 자신의 롤 모델이었던 황희 정승에 대한 비위 사실이 기록되어 있는 것이다. 성삼문은 이 사실을 실록편찬위원장인 우의정 정인지에게 보고하고 직접 사실 확인에 나섰다. 당사자 이호문을 찾아가니 며칠 전에 이미 병사하였고, 관련자들을 만나 보고, 마지막에 그의 아들을 만나 보니
"과거 아버지가 시골 현감 시절 잘못을 저질러 황희 대감에게 파직을 당한 적이 있다."라는 사실을 듣고 나서 사초(史初)에 적힌 내용은 사관 개인적인 사사로운 감정에서 나온 글이라는 확신을 갖게 되어 실록에 적힌 비위 사실은 삭제하자고 제안했으나, 실록편찬위원들은 조사한 내용도 적고, 사초(史初)는 그대로 두자고 하였다.

겨울 포구(浦口)

겨울 포구에 하얀 눈이 내린다
옹기종기 모여 있는 작은 배들도 정겹다
戰場에서 돌아온 병사들의 진영(陣營)처럼
세찬 바람은 깃발을 한껏 날리고 있다
바다 위를 나는 갈매기도 잠시 나래를 접고
삶에 지친 나그네도 쉬어 가듯
포구에는 안식처의 포근함이 서린다

출렁출렁 다가오는 파도는
세찬 겨울바람과 경쟁이나 하듯
빠르게 비껴 나가고,
시선을 한곳에 모으니
파도는 점차 거대한 바위가 되어 밀려온다

새벽 그물로 잡아 올린 펄떡이는 생명들
포구에선 전설만큼이나
생명의 환희(歡喜)를 꿈꾼다

편집 후기

    작가는 2020년 3월에 『넌 누구냐(Who that's)?』라는 에세이집을 발간하였다. 나의 물음은 셰익스피어가 쓴 원작 『Hamlet』이 전 인류에게 던진 질문으로, 기원전 소크라테스가 "너 자신을 알라(Who am I)."라고 던진 질문 뒤로, 2천 년 만에 나온 새로운 질문이었다.

    저자는 질문에 대한 답을 찾으려고 에세이집을 발간하였는데, 그 모델로는 니체의 『자라투스트라는 이렇게 말했다』라는 책을 표본으로 삼았다.

    니체는 철학자로서 이 책에서 현대 문명의 모순점을 과감하게 비판했고, 인간 본연의 삶과 죽음에 대해 접근하면서 과연 神은 우리에게 어떤 존재이며 우리 인간이 신의 영역을 절대 침범해서는 안 될 이유가 무엇인가에 점점 의문을 품기 시작했고 그는 드디어 "神은 죽었다."라고 충격적인 선포를 했다.

    부친이 목사님이고 기독교 집안에서 자란 그가 예수의 위대함은 인정하면서도, 창세기 이후 서방 세계가 그토록 숭배해 오던 神을 버린 것이다. 그 당시 많은 지성인은

    "니체는 수천 년 동안 철학의 근간이던 플라톤의 형이상학을 완벽히 깨트려 버린, 세상에서 가장 위험한 철학자이다."라고 말했다.

    이처럼 철학자들 사이에서도 많은 논란을 빚어 온 이 책은 페르시아의 현자(賢者) 자라투스트라를 통하여 詩, 산문, 신화, 우화 등 다양한 분야를 '4부, 60여 개의 주제'를 가지고 장르마다 주옥같은 그의 사상(思想)을 펼쳐 나갔다. 니체는 이 책을 완성하고 나서

    "앞으로 나의 책은 다가올 인류의 제5대 복음서가 될 것이다. 이제까지 마가복음, 누가복음, 마태복음, 요한복음, 4대 복음이 우리 인류에게 기쁨을 안겨 주었지만, 앞으로는 나의 책이 그 역할을 해 나갈

것이다.”라고 자신감을 표현하였다.

니체와 동시대를 살면서 『순수이성비판』을 쓴 철학의 大家 칸트는 결혼도 하지 않고 평생 대학 강단에서 자신의 철학 논리를 완벽하게 정립하였으므로, 그의 이론은 오늘날 철학을 공부하는 후학들의 지침서가 되고 있다. 니체도 이런 칸트의 논리적이고 완벽한 철학 이론에 감탄하여, 자신도 ‘권력의 意志’라는 명제를 걸어 놓고 자신만의 철학 이론을 완성하려고 부단히 노력했으나 과정이 힘들었는지 중도에 포기하고 말았다.

필자도 학문의 깊이가 모자라 『넌 누구냐(Who that's)?』라는 책을 쓰면서 논리를 주장하는 칸트보다 니체가 쓴 책,『자라투스트라는 이렇게 말했다』의 형식을 빌었다. 또한, 셰익스피어가 『Hamlet』을 통해 현대인에게 던진 “넌 누구냐.”라는 물음에 대해 3부 40여 개의 다양한 주제를 가지고 가슴속에 깊이 간직하고 있던 목마름을 독자들에게 전하고 싶었기에 장르마다 혼신의 정열을 쏟아 넣었다.

요즘 Mass Media의 발달로 책을 읽는 대중이 급격히 줄어들면서, 작가들이 자신의 모든 역량을 쏟아 책을 발간하지만 판매는 정작 수십 권에 그친다는 도서 출판사의 현실을 듣고 다소 걱정도 했지만,『넌 누구냐 (Who that's)?』는 한때 On-line으로 판매되는 인터넷상에 ‘인터파크 최우수 도서’로도 지정되는 등 초판 인쇄를 완판하는 기쁨을 누리게 되었다.

최근 조국 前 장관이 집필한 『조국의 시간』이 발간과 동시에 20만 부가 넘게 팔렸다고 큰 화제가 되고 있다. 역사적으로 살펴보면 세계에서 가장 많이 팔린 책은 영국의 추리작가 아가사 크리스티 (1890~1976) 여사가 쓴 『쥐덫』,『그리고 아무도 없었다』 등 연재로 발간한 85권의 추리 소설이며 총 판매 부수가 20억 권을 넘었다. 아가사 크리스티 여사는 영국과 이집트를 오가면서 오리엔탈 문명의 신비로움을 가상 현실로 끌어들여 추리 소설을 썼는데, 전 세계인의 관심을 끌게 된 것이다. 단일 책으로는 1997년에 영국의 조앤 롤링이 발간한 『해리 포터』가 무려 5억 1천만 권이 판매된 것이 최고의 판매량으로 기네스북에 올라 있다. 우리나라는 이문렬 작가가 쓴 『삼국지』

가 2천만 권이 팔렸다.

　최근 일본에서는 노령 작가들이 큰 인기를 얻고 있다. 2017년에 95세의 사토 아이코 여사가 쓴『90세, 그게 뭐가 경사라고』에세이집이 백만 부 이상 팔렸고, 2019년도에는 98세의 시바타 도요 여사의 첫 시집『약해지지 마』는 출간과 동시에 150만 부가 판매되어 화제가 되고 있다. 100세 인생 아직 끝나지 않았다!!

　이렇게 나의 책이 독자들로부터 사랑받을 수 있었던 것도『경북매일신문』최윤채 사장이 문학적인 감성으로 칼럼을 써 주셨고, 『경북도민일보』권재익 본부장이 칼럼과 함께 경북 봉화에 있는 현불사 설송 스님을 알려 주셨으며, 중앙지로는『문화일보』엄주엽 기자, 『헤럴드경제』이윤미 기자, 『경기신문』신영경 기자님이 신간(新刊) 소식을 멋지게 소개해 준 것이 큰 도움이 된 것 같다.

　우리나라는 2022년 3월에 제20대 대통령을 선출하는데, 벌써 선거 열풍이 몰아치고 있는 것은 이번 선거가 어느 선거보다 국민적 관심이 높다고 볼 수 있다. 필자가 이 책에서 바람직한 젊은 지도자 5인을 지목하였는데, 그중 두 분이 여론 조사에서 1, 2위를 달리는 이재명과 윤석열이다. 두 분께도 이 책을 보냈으니 대통령이 되시면 우리나라를 행복한 나라로 만드는 데 조금이라도 도움이 되었으면 하는 바람이다.

　그런데 젊은 지도자가 우리 곁으로 다가온 것이 내가 예상하던 시기보다 훨씬 빨라진 것이다. 심지어 제1 야당 대표에 30대인 이준석이 당선되었다는 것은 상상을 초월하는 일이다. 물론 과거 김영삼도 국회의원 시절 40대에 야당 대표를 한 적은 있지만, 이렇게 전직 최고위원을 지낸 이력만으로 제1 야당 대표가 된 것은 처음 있는 일이다. 우리나라가 이처럼 활력이 넘치는 사회로 정진해 간다면 미국 최고의 금융회사 '골드만 삭스'에서 최근 발표한,

　"2050년이 되면, 한국은 미국 다음으로 GDP 세계 2위의 경제 대국이 된다."라는 전망이 점차 현실로 다가올 것이다.

　한편 道政에 바쁜 일정에도 직접 격려해 주신 이철우 경북지사, 코로

나19로 학교 행정을 챙기느라 바쁜 와중에도 틈틈이 시간을 쪼개서 책을 읽었다며 격려 전화를 주신 임종식 경상북도교육감, 고향의 김재원 국민회의 최고위원, 김주수 의성군수, 젊은 피 김형동 국회의원, 포스코 박태준 회장에 이어 2대 회장을 지내신 황경노 회장님, 글의 내용 중 많은 부분이 가슴에 와닿는다며 격려를 해 주신 미국 US Steel과 POSCO 합작 회사 대표를 지내신 여상환 회장님, 포스코 인사 총괄 임원을 지내신 박정우 회장, 김용운, 최광웅 前 포스코 경영 기획 부사장, 오랫동안 연락이 뜸하다가 안부를 주신 대검찰청 차장을 지낸 임정혁 고검장, 박정식 前 서울 고등검찰청장, 변찬우 前 광주지방검찰청장, KBS 드라마국장을 지낸 김종철, CBS 본사 경영지원본부장을 지낸 김세환, 부산 MBC 윤주필 국장, 대구은행장을 지낸 박인규, KBS 탤런트협회 유승봉 회장, SH 김재규 회장, 경북도의회 김희수 부의장, 도기욱 부의장님의 격려도 큰 힘이 되었다.

오늘날 세계적인 슈퍼스타 방탄소년단(BTS)이 최근 발표한 「버터(Butter)」가 빌보드 차트에 10주간 1위를 차지하고 있다. 충격적이라 할 만큼 자랑스러운 일이 아닐 수 없다. 또한 그들이 얼마 전 발표한 노래 「Fake Love」에서는 '넌 누구냐'라는 질문을 던지며 현대인의 거짓된 사랑, 꾸며진 사랑을 거부한다고 주장하며

'Love is Love' 진실한 사랑만이 시대를 아우를 수 있다고 부르짖고 있다. 사랑을 사랑만으로 완벽해지길 바라는 젊은이들의 열정이 어쩌면 셰익스피어가 『Hamlet』을 통하여 질문을 던진 "넌 누구냐."에 대한 해답이 될지도 모른다. 나는 후속으로 발간하는 詩集 『어머니의 江』에서 순수한 사랑을 주제로 한 詩를 많이 수록했다.

이렇게 성원을 보내 주신 여러분께 진심으로 감사드린다.

皇舟 金 仁 煥

작가는 포스코에서 서울소장, 총무실장, 노무실장職을 역임하였으며, 특수경비전문 회사 포센을 설립하여 CEO를 역임하였고, 부산, 경남 지역을 거점으로 한 칠월건설, 컴비나이트 E&C, 청우중공업을 계열로 둔 칠월그룹 副會長을 역임한 바 있다.

- **主要 學歷**
  - 영남대학교 경제학과 졸업
  - 포항공과대학교 정보통신대학원 D.M 과정 수료
  - 美University of Hawaii Global CEO program 수료
  - 美University of Arizona MBA 단기 과정 수료

- **社會 經歷**
  - 서울 강남경찰서 경찰발전위원회 위원 역임
  - 한국복지재단, 아름다운 가게 운영위원
  - 대구지방검찰청 포항지청운영위원회 감사
  - 대구지방검찰청 포항지청 형사사건 조정위원
  - 포항 남부경찰서 경발위 청소년 선도분과위원장
  - OH(Over Head) 포럼 대표
  - 영남대학교 총동창회 이사 역임

어머니의 江

1판 1쇄 발행 2021년 12월 17일

지은이 김인환

펴낸곳 하움출판사
펴낸이 문현광

주소 전라북도 군산시 수송로 315 하움출판사
이메일 haum1000@naver.com   **홈페이지** haum.kr

ISBN 979-11-6440-229-8(03810)

좋은 책을 만들겠습니다.
하움출판사는 독자 여러분의 의견에 항상 귀 기울이고 있습니다.